新潮文庫

十津川警部　鳴子こけし殺人事件

西村京太郎著

新潮社版

11648

目次

第一章　名物こけしが五本……………………………七
第二章　こけしが泣いて二人目が死んだ………………五七
第三章　第三の殺人…………………………………九〇
第四章　四人目の犠牲………………………………一二一
第五章　三年前八月二十五日、雨……………………一五六
第六章　京都に追う…………………………………一九三
第七章　「大願成就」か罠か…………………………二三一

十津川警部　鳴子こけし殺人事件

第一章　名物こけしが五本

1

東京の千代田区にあるホテルKには、一泊百万円というスイートルームがある。外国の要人が、時々利用する部屋だが、五月十日のこの日に、泊まったのは、日本人だった。

その日本人の名前は、大河内敬一郎といった。今年六十歳。IT関連業界にあって、日本のグーグルと呼ばれる会社を一代で築き上げ、巨万の富を得た男である。

五月十日に、大河内が、このスイートルームを、予約したのは、ビジネスのためではない。女のためである。

大河内には、今から半年前に知り合った一人の女がいた。その彼女が突然、一泊百万円の部屋に、泊まってみたいといい出したのである。

そこで、大河内は、五月十日に、その一泊百万円のスイートルームを、予約し、現在、その部屋にいる。

午後十時に、彼女が、お忍びで、このスイートルームを、訪ねてくることになっていた。大河内は、それまでに、部屋を花で飾り立て、ワインを用意しておくことにした。

そこでルームサービスに頼んで、女の好きなバラの花で、部屋という部屋を飾り、最上級のワインを、用意させた。

大河内自身は、九時を過ぎると、バスルームを使い、ナイトガウンに着がえて、約束の十時にやって来るはずの女を、迎えることにしていた。

九時四十分、部屋のベルが鳴った。腕時計を見ながら、

（もう来たのか？　それにしては、少し早いな）

と、大河内は、思ったが、女が、約束よりも早く来たことに、喜びを感じてもいた。

(あいつも、早く会いたいんだ)

勝手に考え、少しばかり薄くなった髪を、丁寧になでつけてから、勇んで、ドアを開けた。

次の瞬間、大河内の顔に、戸惑いと驚きの表情が浮かんだ。

「君はいったい?」

と、いいかけたところで、大河内の声が、消えてしまった。

ドアの向こうにいた人間が、いきなり、隠し持っていたナイフで、大河内の、はだけた胸を刺したからである。

2

警視庁捜査一課の十津川《とつがわ》警部は、広い部屋の中を見回した。

五十畳近くはある広い居間の真ん中で、ナイトガウン姿の、六十歳の男が、仰向《あおむ》けに倒れて死んでいるのだ。

テーブルの上には、極上のワインが、氷の入ったバケットの中で横たわっている。

二つのワイングラスが、置いてある。殺された男は、たぶん女性と、この広い部屋で、ワインを楽しもうとしていたに違いない。

「ホトケさんは、ナイフで、二回刺されている。その一つは、肺にまで、達しているようだから、死因は、おそらくショック死だね」

と、検視官が、十津川に、いった。

凶器は、部屋のどこからも、発見されていないから、おそらく、犯人が持ち去ったのだろう。

そのほか、五十畳の部屋は、千本を超える真っ赤なバラで、埋め尽くされていた。

（ここに来るはずだった女は、バラの花が好きだったんだろう）

十津川は、勝手に想像した。

ホテル側の説明で、殺された男が、日本のグーグルといわれる会社の社長、大河内敬一郎だと、分かった。

十津川をはじめ多くの刑事たちが、この名前を、知っていた。

現在、この日本で、十指に入る資産家だと、多くの新聞や、週刊誌、テレビが、紹介している。そんな男の泊まる部屋として、一泊百万円のスイートルームは、いかにも、相応《ふさわ》しく思われたが、しかし、死んでしまったらどうしようもない。死体に相応しい部屋などないだろう。

大河内敬一郎は、三十年前に、結婚していたが、今から五年前、同じ歳《とし》の妻は、病死している。二人の間には、娘が一人いるが、その一人娘は、アメリカ人と結婚し、現在、ニューヨークに、住んでいる。

したがって、現在、大河内は、独身なのだから、どんな女性と、どこで会い、何をしても構わないのだが、それでも、この豪華なスイートルームで、隠れるようにして女性と会おうとしていたのは、彼女との関係は、おそらく、内密にしておきたかったからだろう。

十津川は、その女性の名前と年齢、住所、そして出来れば、電話番号を知りたいと思った。

十津川は、副社長の一人、それに、大河内の個人秘書に、連絡を取り、すぐに、来てもらうことにした。

二人とも、異口同音に、今日、社長の大河内敬一郎が、このホテルの、スイートルームを予約して、ここに泊まることに、なっていたことは、知らなかったと、いった。

大河内の会社には、副社長が五人いる。その中の一人、小林正雄は、自宅から、急いで、ホテルに、やって来た。

緒方純一という、大河内の個人秘書も同様である。

十津川はまず、二人に、遺体を見てもらってから、

「どうやら、大河内社長は、ここで女性と会うことに、なっていたようですが、彼女がいることは知っていましたか？」

「知っていました。三月頃でしたか、週刊誌に、社長と、その女性のことが、出てしまったんです。実名は、載っていませんでしたが、その時から、私だけではなく、たいていの社員が、ウチの社長には、若くて、きれいな彼女がいるということを、知っていました」

小林という副社長が、いった。

秘書の緒方も、もちろんその週刊誌のことは知っていた。

「今日、社長が、このホテルのスイートルームを取っていたことは全く知りませんでした」

秘書の緒方がいい、小林も肯《うなず》いた。

十津川は、二人に対して、大河内社長の遺体は、これから、司法解剖に回されることを告げた。

「何しろ、これは、殺人事件ですからね。ところで、大河内社長には、敵が、多かったですか？」

十津川が、きいた。

とたんに、二人は顔を見合わせ、お互いに牽制《けんせい》しあっていたが、秘書の緒方が、

「この業界は、競争が、かなり激しいですから、ウチの会社のせいで、倒産したと思い込んでいる人もいるでしょう。そんなことで敵は多かったと思います」

と、当りさわりのないいい方をした。

当然、十津川が、聞いても、具体的な名前は、いわなかった。

死体を、司法解剖に回した後、十津川は、さらに、二人に、話を聞いた。

「先ほど、大河内社長と女性のことが、週刊誌に出たといわれましたが、女性の名前は、出なかったんですね？」

「そうです。名前は、出ていましたが、仮名になっていました」

「そうすると、週刊誌は、女性の本名を、知っているんでしょうか？」

「おそらく、知っているでしょうね」

いったん、小林副社長と、緒方秘書を帰してから、十津川は、改めて、スイートルームの中を、亀井《かめい》刑事と二人で、見て回った。

血痕《けっこん》は、この部屋のドアの内側、一メートルくらいのところから、点々と、五十畳の居間まで、続いていた。

鑑識が、その血痕と指紋を、採取している。

「たぶん、被害者の、大河内敬一郎は、入り口のベルが鳴ったので、女性が来たと思って、何も疑わずに、ドアを開けて、迎えたんだと思いますね」

と、亀井が、いう。

「まあ、そうだろうね」

「ところが、そこにいたのは待っていた女性ではなかった。そこにいた犯人は、ドアの、内側に入り、いきなり、ナイフで社長を刺した。社長のほうは、居間まで逃げて、そこで、倒れて死んだのではないかと、思いますね」

二人は、居間を通って寝室に入った。

ベッドが二つ並んでいる。寝室の隣は、シャワールームになっているが、もちろん、シャワールームのほかにバスルームがある。

その時、十津川が、気がついたのは、寝室のテーブルの上に、載っているこけし人形だった。

十津川は、そのこけしのことをフロントに聞いてみた。ひょっとして、サービスで、各部屋に、こけしを、置いているのかもしれないと、思ったからである。

しかし、そういうサービスは、していないと、フロントは否定した。

だとすれば、殺された大河内敬一郎か、あるいは、大河内を、殺した犯人が、ここに置いたということになる。

鑑識が来て、高さ二十センチくらいのこけしを手に取り指紋を採取していたが、十津川に向かって、

「指紋は、きれいに、拭《ふ》き取られていますね。一つも、残っていません」

と、首をすくめた。

このスイートルームを予約した被害者の大河内敬一郎が、このこけしを、持ってきたとすれば、彼が、わざわざ、自分の指紋を拭き取ったりするわけがない。

そう考えると、このこけしは、犯人が持ってきたものではないのか。

「これは、鳴子《なるこ》のこけしだよ」

と、十津川が、いった。

「鳴子のこけしというと、首を回すと、キュッキュッと鳴るあのこけしですか？」

「そうだ。前に一度、鳴子に行って、こけしの制作過程を、見学したことがあるんだ」

十津川は、手袋をはめた手で、首の部分に、手をかけて、回してみた。

やはり、キュッキュッと、音が鳴る。

「それに、この顔だよ。京都の御所《ごしょ》人形の顔になっているんだ」

と、十津川が、いった。

可愛《かわい》らしい、女性の顔である。

「もし、このこけしが、犯人が置いていったものだとすると、何かのメッセージでしょうか？」

亀井が、きく。

十津川は、丸い胴体の部分を、ゆっくりと、回してみた。そこに何か、メッセージでも、書いてあるのではないかと、思ったのだが、何の文字も見つからなかった。

しかし、こけしの底を見て、

「メッセージがあったよ」

と、十津川が、いい、そのこけしを、亀井に渡した。

こけしの底の部分に、黒いマジックで、

〈1〉

という数字が書かれてあった。

「1ですか」

亀井が、つぶやく。

「そうだよ。1だよ。普通に、考えれば、犯人が書いた数字で、一人目を、意味しているんじゃないのかね？」

「このメッセージを示したくて、犯人はわざわざ、このこけしを、持ってきて、殺人の後、寝室のテーブルの上に、置いたんでしょうか？」

「このこけしが、被害者のものでも、ホテルのものでもなければ、犯人が、置いていったものとしか、考えようがない」

と、十津川が、いった。

被害者の大河内敬一郎が、この百万円のスイートルームで、会おうとしていた女性は、夜が明けても、名乗り出てくることはなかった。

3

翌日、十津川は、亀井と問題の週刊誌を、出している出版社に向かった。

その週刊誌の編集長に会い、大河内敬一郎と、彼の彼女が、写っている写真が載っているという号を見せてもらった。

夜の街で、望遠レンズを使って撮ったものらしく、いわれてみれば、たしかに、男は、大河内敬一郎だと分かる。

しかし、腕を組んで、歩いている女のほうは、顔がはっきりしない。顔を伏せてしまっているのだ。

「この女性の名前なんか、分かっているんですか？」

十津川が、きくと、編集長が、笑った。

「たぶん、十津川さんも、彼女の顔を、見たことがあるはずですよ」

と、いう。

「それは、つまり、私が、知っているということですか？」

「そうですよ」

大河内の会社の、コマーシャルに出演していた、女性タレントがいた。二十五歳。美人で、頭も切れる。

「その女性タレントが、今年になって、突然、大河内社長の、会社のコマーシャルを辞めてしまって、別の新人が、出るように、なっていたんです。それで、何かおかしいと思って、大河内社長のことをマークしていたら、理由が、分かりましたよ。大河内社長が、会社のコマーシャルタレントを自分の彼女に、してしまったんですよ」

編集長が、その女性の写真を、見せてくれた。

たしかに、十津川も、テレビで何回か、見たことのあるタレントだった。

名前は、佐々木恵美、住所は、六本木のマンションに、なっていた。

十津川はすぐ三田村《みたむら》と、北条早苗《ほうじょうさなえ》刑事の二人を、佐々木恵美の住む六本木のマンションに急行させた。

昨夜、この女性が、あのホテルのスイートルームを、訪ねることになっていたのではないか？　十津川は、それを、知りたかったからだ。

十津川は、その後で編集長と、カメラマンから、詳しい話を、聞くことにした。

「彼女が住んでいる六本木のマンションですが、たしか、分譲で、一億五千万円だったと聞いています。買ったのは今年の一月、つまり、自分の会社のコマーシャルを、辞めさせて、自分の愛人にした時ですよ」

と、編集長が、いった。

「その後でお宅の週刊誌が大河内社長と、彼女を追いかけるように、なったんですか？」

亀井が、きく。

編集長は、また笑って、

「大河内社長という人は、業界内では、やり手で、通っていますがね、女には甘いんだなと、その落差が面白いなと思って、うちのカメラマンに、狙《ねら》わせることにしたんですよ」

と、いった。

「大河内社長から、抗議は、なかったんですか？」

十津川が、カメラマンを見た。

「もちろん、顧問弁護士を通して、抗議がありましたよ」

中年のカメラマンが、いい、編集長は、

「訴えるぞと、脅してきましたけどね、すぐに向うから取り下げましたよ。第一、大河内社長は、独身なんだから、逃げ回る必要なんか、どこにもないんですよ」

「大河内社長は、彼女と、結婚するつもりだったんでしょうか？」

「さあ、それは、どうですかね。奥さんが、亡《な》くなってから五年も経《た》っていますからね。その間、独身を謳歌《おうか》していたんじゃないかと、見ているんですよ。いろいろと、ウワサが出ていましたからね。だから、この女性とも、楽しんで付き合ってはいたが、結婚する気は、なかったんじゃないかと、思いますけどね」

「この佐々木恵美という女性は、いったい、どんな、女性なんですかね？　何でも、かなり、派手な女性だというような記事を、読んだ気がするんですが」

と、十津川が、いった。

「たしかに、以前から、いろいろと派手なウワサのある女性ですよ。ただ、今年に入って、大河内社長の彼女になってからは、大人しくしていたんじゃないですかね？　カメラマンに、六本木のマンションを、張らせたことがあるんですが、社長以外の男が、出入りしたことは、ありませんでしたからね。それだけ、彼女のほうが、現状に満足していたんじゃないかと、想像していますが」

と、編集長が、いった。

4

その頃、三田村刑事と、北条早苗刑事の二人は、六本木のマンションに、佐々木恵美を、訪ねていた。

十代から二十代にかけて人気のカリスマモデルだったというだけに、いかにも、それらしい服装で、二人を迎えた。

顔もかなり、派手である。

「昨夜、都心のホテルの、スイートルームで、大河内社長が、殺されたことはご存じですか？」

と、まず、三田村が、きいた。

「ええ、テレビのニュースで、見たので、知っています」

佐々木恵美が、答える。

「昨夜、そのスイートルームで、あなたが、大河内社長と会うことに、なってたんじゃないですか？」

「ええ、そうです。私が、一度、あのホテルの、スイートルームに泊まってみたいといったら、社長さんが、昨日、その部屋を取ってくださったんです。夜の十時に、行く約束になっていました。でも、急に体の具合が、悪くなってしまって」

「それで、どうしたんですか？」

三田村が相手の顔を見すえた。

「十時になってもよくならないので、大河内社長の携帯に、電話をしました。申し訳ないけれど、行けなくなってしまったと、謝ろうと思って。でも、いくら鳴らしても、大河内社長が電話に、出ないので、私も、その後の連絡を、止《や》めてしまいました。朝になってテレビで事件のことを知って、驚いてしまいました」

「電話をかけたのが、何時頃だったか、分かりますか？」

早苗が、きいた。

「午後十時、ちょうどだったと、思います」

「連絡をしたのは、その時、一度だけですか?」

「ええ、その時だけです。長く鳴らしていたんですけど、社長さんが、電話に出なくて」

恵美が、繰り返す。

「失礼なことを、お聞きするかもしれませんけど」

と、早苗は、断ってから、

「佐々木さんは最初、あの会社の、コマーシャルに出ていらっしゃったんですよね?」

「ええ、そうです」

「それが、今年になってから、辞めてしまわれました。それは、大河内社長からの、指示ですか?」

「ええ」

「社長さんに、どんなことを、いわれたのですか?」

「君には、みんなのヒロインではなくて、自分だけの、ヒロインになってほしい。そういわれたんです」

「そのあと、このマンションも、大河内社長が買ってくれたんですね？」

「ええ、そうです」

「大河内社長とは、結婚するつもりでしたか？」

「分かりません。それを、決めるのは、私ではなくて、大河内社長のほうですから」

「たしか、週刊誌に、お二人でいるところを、写真に撮られて、記事になったことがありましたね？」

「ええ、三月頃そんなことが、ありました」

「その後、誰かに、脅かされたり、嫌がらせを受けたようなことは、ありませんか？」

早苗が、きくと、恵美は、笑って、

「週刊誌が出た直後は、還暦の社長と付き合うくらいなら、若い俺と付き合えという、嫌がらせの電話が、二、三回ありましたけど、最近は、そんな電話も、なくなりました」

「ところで、佐々木さんは、こけしは、お好きですか？」

三田村が、きくと、恵美は、

「えっ？」

という顔になって、

「こけしですか？」

「そうです。最近、こけしを、集める人が増えていると、聞いていますが、佐々木さんもそんな趣味を、お持ちなのではないかと思いましてね」

「残念ですけど、私、こけしには、あまり興味がないんです」

と、恵美が、いった。

「大河内社長は、どうでしょうか？　社長から、こけしを、贈られたことはありませんか？」

「こけしを、贈られたこともありませんし、社長さんが、こけしが、好きだったということも聞いたことが、ありません」

恵美が、いった。

5

丸の内署に設けられた、捜査本部が、活動を開始した。

最初に報告されたのは、司法解剖の結果だった。被害者の大河内敬一郎は、犯人に鋭利なナイフで、胸を、二回刺されており、そのうちの一回は、肺にまで、達していた。死因は、やはり、そのための、ショック死だという。

事件を最初から考え直すと、十津川たちが、ホテルからの報告を受けて、現場に到着したのは、昨夜の、午後十時三十分である。一泊百万円のスイートルームで、大河内敬一郎が、死体となっていることを、発見したのは、ホテルのルームサービス係だった。

スイートルームには、すでに、高価なワインとワイングラス、千本を超えるバラの花が、用意されていたが、さらに、午後十時十分頃に、なったなら、シャンパンを、運んでくるようにと、大河内社長から、いわれていた。

そこで、ルームサービス係は、午後十時十分に、高価なシャンパンを、運んでいった。

部屋のベルを鳴らしたが、返事がないので、合鍵《あいかぎ》を使って、ドアを開けてみたところ、血痕を発見、それを追って行き、広い居間で倒れている大河内社長を見つけたという。

ホテルは、すぐさま、警察に連絡した。

その後、午後十時三十分に、捜査一課の十津川たちと鑑識が、ホテルに、急行したというわけである。

しかし、犯人のものと思われる、血痕や指紋は、スイートルームの中からは、一つも発見されなかった。

大河内敬一郎の娘は、急遽《きゅうきょ》、アメリカから帰国し、事件発生の三日後に、通夜《つや》が行われ、翌日に、告別式が、青山葬儀場で、行われた。

十津川は、その告別式に、亀井と二人で、参列した後、捜査本部には、戻らず、東京駅から東北に向かった。現場にあった鳴子こけしについて、調べるためだった。

新幹線を古川で降り、古川から陸羽東線《りくうとうせん》で、鳴子に向かった。

鳴子温泉駅からは、タクシーに乗り、日本こけし館に向かった。

前に、十津川はそこで、鳴子こけしを作る実演を、見たことがあったから、鳴子こけしについて知りたいことがあれば、たいていのことが、分かるのではないかと、思ったのである。

まだ、ところどころ、山の陰などには、残雪の塊《かたまり》が残っていたが、すでに、平地は、春になっていた。

日本こけし館には、多くの観光客が、来ていた。電話をしておいたので、その展示館の中で、現地のこけしに詳しい、こけしの研究家が、待っていてくれた。

十津川は、東京から持っていった問題のこけしを、太田というこけしの専門家に見てもらうことにした。

太田は、ゆっくりと、眺めてから、

「このこけしの、背中のところに、小さく仙という字が、入っているでしょう？　これは、鳴子の仙太郎という、こけし工人のマークです」

と、教えてくれた。

「その仙太郎という工人さんは、かなり、有名な方なんですか？」

「ええ、有名な工人です」

「そうすると、このこけしも、かなり、高価なものということですか？」

「そうですね。この工人ですが、二年前に、こけしを作ることを、止めているんです。それもあって、かなり、高価なものですが、もう新しく作っていないので、一般には、売っていないはずなんですがね」

「それでは、このこけしは？」

「去年の十月に、東京都内の、デパートで、鳴子こけしの展示即売会が、ありましてね。その時に、仙太郎も実演しているんです。自分は、もう、こけし作りを、止めている。それは、息子に任せてあるといって、最後に十本だけそこで作って、即売にかけたのです。たぶん、このこけしは、その時に、売られたものだと思いますね。それ以前に、彼が作ったこけしとは、少しばかり、模様が違っていますから」

と、太田が、いった。

そこで、十津川は、問題の工人に会いたいと、太田に伝えた。

太田が案内してくれたのは、鳴子町内にある、こけし作家の、家だった。

仙太郎という、こけし工人は、すでに八十五歳になっていて、こけし作りは、その息子が、同じ年代の職人二人と、やっていた。

十津川は、そこにいた、仙太郎という、八十五歳の工人に、話を聞くことにした。

まず、持ってきたこけしを、見てもらう。

仙太郎は、ニッコリして、

「これは間違いなく、私が、最後に作ったものですよ」

東北訛《なま》りが、強いので、十津川は、いちいち二度繰り返して、聞いた。

仙太郎が、見せてくれたのは、大きく引き伸ばした、一枚の写真である。

去年の十月二十日に、東京都内のデパートで開いた、鳴子こけしの、展示即売会の時の写真である。たしかに、そこには、仙太郎が、写っていた。

「その時、あなたが、最後に作った十本のこけしを、そのデパートの会場で即売したそうですね？」

十津川が、きく。

「そうなんです。それでけじめにして、こけし作りは、息子に、任せることにしました」

と、仙太郎が、いう。

「その十本を買った人たちのことは、覚えていますか？」

「その件は、息子に任せていたので、私は、よく、覚えていません」

仙太郎がいい、代わりに、横にいた息子が、

「あの時は、私も、東京に行って、オヤジが最後に作った、こけしを販売しました。買った人のことは、はっきりとは、覚えていませんが、まとめて、五本買ってくださったお客さんが一人いて、そのほかの方は、一本ずつお買いになりました」

「五本まとめて買ったという、その人のことを、覚えていませんか？」

「たしか、和服を着た、中年の女性でした。ご主人が東北が好きで、鳴子のこけしを、よく買ってきた。そのせいで鳴子のこけしが、好きになった。そんなことを、話していらっしゃったのを、覚えていますよ。しかし、住所や、お名前は、お聞きしませんでしたから、どういう方なのかは、分かりません」

十津川は、念のために、持参した鳴子こけしの底に、書かれた〈1〉という番号を、

親子に見せて、

「この1という番号ですが、これを、書かれたのは、どちらですか？」

と、きくと、親子が、声を揃《そろ》えて、笑った。

「自分の作ったこけしに、そんな無粋なものは書き込んだりしませんよ」

と、仙太郎が、いった。

どうやら、このこけしの底に、黒のマジックで〈1〉と書いたのは、この親子ではなく、事件の犯人らしい。

その発見は、十津川を喜ばせると同時に、困惑させた。

もし、犯人が、何かの意味を込めて、このこけしの底に〈1〉と書いて、現場に、置いておいたとすると、そのメッセージが何かを、考えていかなくては、ならないからである。

「五本まとめて買ったという女性の写真は、ありませんか？」

十津川が、親子に、きいた。

息子が、去年の十月二十日にやった、デパートでの実演や、即売会の写真をアルバムに整理したものを、奥から持ってきて、十津川に見せてくれた。

十津川は、亀井と二人で、アルバムの写真を見ていった。

仙太郎と息子の二人も、十津川の横から、アルバムを、見ていたが、

「あ、これだ」

と、息子が、叫んだ。

そこに写っていたのは、鳴子のこけしを作る実演をしている、仙太郎の写真と、それを見ている何人かの、デパートの客の写真だった。

その客の中に、和服姿の、中年の女性が写っている。

「たしか、この、女性でしたよ。大変熱心に実演を見てくれた後、オヤジの作ったこけしの即売会があって、彼女が、まとめて五本を、一人で買ってくれたんです」

息子が、説明した。

たしかに、和服が、よく似合う女性である。おそらく、三十代の後半か、四十代の初めだろう。

十津川は、その写真を、借りることにした。

親子は、

「東京で、起きた殺人事件に、この女性が、関係しているんですか？」

心配そうな顔できく。

「まだ、何ともいえません。ただ、できれば、この写真の女性に、話を聞きたいと思

っているんですよ」

と、十津川が、いった。

日本こけし館でもらったパンフレットには、こけしについて、こう、書かれていた。

「江戸時代の文化文政の頃、一八〇四年から一八三〇年まで、お椀《わん》や、お盆を作っていた木地師《きじし》たちが、温泉土産として、作りはじめたのが、こけしの始まりだと、いわれている。

東北各地に伝わる土地人形のこけしは、地方によっては、こげし、こげす、こうげし、こけすんぼこ、きぼこ、でこ、でくなど、さまざまな名称で、呼ばれていた。

こけしの話をしたり、あるいは、こけしを買い求める人々は、こけしを、注文する時、意味が、通じなかったために、収集家、こけしの工人、関係者が集まって、昭和十五年に『こけし』に統一した。

幕末の記録『高橋長蔵文書』（一八六二年）によると、こふけし（こうけし）こさずけし（子授けし）と、記されており、こけしには、子供が授かるようにという、願いの意味があったようだ。

また、こけしの頭に、描かれている模様は、京都の御所人形と同じく、特にお祝い人形のために、考案された様式である。

こけしは、子供の健康な成長を願う、お祝いの人形だった。

〈鳴子こけしの特徴〉

鳴子こけしは首を回すと、キュッキュッと鳴ることで、有名だが、これは、頭部を胴の部分にはめ込む際、独特の手法を、採用するためである。

胴は、肩の部分が、盛り上がり、中央部に向かって、少し細くなり、裾《すそ》に向かって、再び広がった安定感のある形である。

模様は『重ね菊』といって、横から見た菊の姿を、重ねて描くのが、代表的であり、次いで、正面から見た大輪の菊を、胴の下部に描く『菱菊《ひしぎく》』も、よく見られる。

また、楓《かえで》や、牡丹《ぼたん》などを好んで、描いているが、いずれも、かなり写実的である。

頭部には、御所人形に見られるような前髪が描かれており、この前髪の根元にあたるところを赤い飾りで結んで、後方に垂らしている。この飾りの形が、それぞれの作り手によって違っており、独自の形になっている。

童のような、優しい顔の表情が、全体の華やかな雰囲気の中で、髪によって、素朴な可憐《かれん》さを残している」

十津川が、説明パンフレットにまで目を通したのは、去年の十月に、東京のデパートで行われた、こけしの展示即売会で、引退したこけし工人が作った、こけし十本のうち、五本を一人で、まとめて買っていった中年の女性に、少しでも、近づきたかったからである。

引退した鳴子のこけし工人、仙太郎が最後に作った、十本のこけし。それをまとめて、五本買った中年の女性の名前は今のところ不明である。

それでも東京で起きた今回の殺人事件に、何らかの関係が、あるのではないかと、十津川は、思っていた。だから、この中年の女性についての情報が、何としてでも、欲しかったのである。

今のところ、写真が一枚見つかったが、これだけでは、どこの、誰なのか分からなかった。

去年十月、都内のNデパートで、行われた鳴子こけしの実演と、展示販売会、それは、東北祭りの一環として、コーナーを、設けて行ったものだと、十津川は、仙太郎親子に、教えられた。

翌日、十津川は、亀井を、鳴子に残して、一人で、東京に戻り、新宿にある、Nデパートに行ってみた。

東北祭りを企画・実行した、外商部の一人、渡辺という担当者に、会うことができた。

渡辺は、五十代と思われる男で、十津川に会うなり、

「できれば、もう一度、東北祭りをやりたいと、思っているんですよ」

と、いった。

「東北祭りには、鳴子の、こけしの工人がやって来て、実演を披露したり、実際に、鳴子からこけしを、持ってきて展示し、また、それを販売したようですが、これは全《すべ》て、渡辺さんのアイデアですか？」

「そうですね、ただ単に、東北の旨《うま》いものだけを、集めても仕方ない。向こうの文化も、同時に、見せることにしたい。そう、思って考えたのが、鳴子の、こけしだったんですよ」

渡辺が、いった。

「その鳴子の、こけしのセッションですが、有名な、鳴子こけしの工人で、通称仙太郎さんという人が、いるんですが、その人が、参加していましたね？　そのことは、

ご存じですか？」

「ええ、もちろん、仙太郎さんのことなら、よく、覚えていますよ。東北の鳴子では、一、二を争う、鳴子こけし作りの工人なんですけど、ウチがやった、去年十月の東北祭りを最後に、自分は、引退する、とおっしゃって、その時に作った十本の鳴子こけしを、即売してから、引退されました」

「その時、仙太郎さんは、十本のこけしを即売したのですが、そのうちの五本を、一人でまとめて、買った、お客さんがいたそうなんです。和服姿の、中年の女性だったというのですが、渡辺さんは、この女性のことを、覚えていらっしゃいますか？」

「ええ、覚えていますよ」

「どうして、覚えていらっしゃるんですか？」

「実は、仙太郎さんの、作ったこけしは、何といっても名人の作品ですからね、値段が高かったんですよ。たしか、一本十万円じゃなかったですかね。だから、売れるかどうかが、心配だったので、私も責任上、何とか全部売れればいいと願いながら見ていたんです。だから、まとめて五本も買ってくださったお客様だったので、今でも、よく覚えているんですよ」

「一本十万円ですか？」

「そうです。何しろ、鳴子こけしの工人としては、名人と、いわれていた人ですからね。引退記念に、最後に作った十本だけを販売するとなれば、高値がつくのは、当然だったんですが、その価値の分からない人から見れば、ただ単なる木の人形が、どうして、十万円もするのかと、不思議でしょうから」

「それで、五本まとめて買った女性のことを、覚えていらっしゃるとおっしゃったんですね？」

「そうなんですよ。全部売れるのかどうかと、心配していたところに、いきなり、その女性がやって来て、五本いただきたい、ですから。仙太郎さんの息子さんもビックリしたみたいでしたね。私だってビックリして、思わず、その女性と、握手がしたくなりましたよ」

そういって、渡辺が、笑った。

「その女性と、少しは、話をしましたか？」

「あまりにも、嬉《うれ》しかったので、追いかけていって、こちらの名刺を、渡して、館内のティールームで、少しばかり、お話をしましたよ、コーヒーを、飲みながら」

「それで、女性の名前や、住所を聞いたんですか？」

「初めてお会いしたお客様ですからね、さすがに、そこまで、聞けませんよ」

「それで、どんな話を、したのですか？」

「私が聞いたのは、どうして、同じこけしを五本もお買いになったのかでした。やっぱり、そのことに、いちばん興味がありましたからね。そうしたら、主人はもう、亡くなっているが、東北が好きで、旅行に行くと、鳴子のこけしを、よく買ってきた。それで、名人が作る最後のこけしを売る、というので、買うことにしました、といわれました」

「ほかには、どんなことを、お話しになったんですか？」

「名前は聞きませんでしたけどね、何でも、東京の下町で、和服の染色の仕事をしている。そんなことを、おっしゃっていましたよ。だから、和服がよく似合うんですねと、いいました」

「東京の下町というと、どの辺でしょうかね？」

十津川が、きくと、渡辺は、少し、考えてから、

「最近は、谷中《やなか》や千住《せんじゅ》あたりが、人気になっているようですが、江戸時代の下町というか、職人が住んでいる下町、そんな感じの所でしょう」

「その後、その女性に、お会いになっていますか？」

「実は、ウチの、外商部のお客様になっていただければ、嬉しかったんですけどね、

あの後は、一度も、お会いしていません。もし、刑事さんが、お会いになったら、ぜひ、ウチのデパートの外商部のお客さんになってくれるよう、お願いしておいていただけませんか？」

渡辺が笑顔でいう。それだけ魅力のある女性だったのだろう。

十津川は、デパートの中のティールームに入り、コーヒーを注文してから、携帯を捜査本部にかけた。

若い西本《にしもと》刑事と、日下《くさか》刑事の二人に、すぐこちらに、来るように告げた。

急遽、駆けつけてきた西本と日下の二人に、十津川は、事情を話し、問題の女性の写真を、渡した。

「何とかして、この女性を、探し出してほしいんだ。彼女は、夫がすでに亡くなっていて、現在、東京の下町で染色の仕事をしているらしい。今分かっていることは、それだけなんだが、今回の殺人事件に、彼女が、何らかの形で、関係しているはずだと、私は確信している。だから、一刻も早く、見つけ出してほしい」

二人の若い刑事は、コーヒーを一杯、それも、慌《あわ》てて飲んだだけで、ティールームを、飛び出していった。

十津川は、今度は、鳴子に残してきた、亀井刑事に、携帯をかけた。

「今、Nデパートの、ティールームにいるんだが、問題の女性について、少しだけだが、情報が入った」

「どんな情報ですか？」

「彼女は、ご主人に、死なれて、現在、東京の下町で着物の染色の、仕事をしているらしい。分かったのはそれだけだが、そちらでも、何か分かったことがあるか？」

「残念ながら、まだ、これといった、情報はつかんでいませんが、鳴子の人たちに聞くと、鳴子こけし作りの、名人の仙太郎さんが引退したことは、地元でも、大きなニュースになったそうです。そこで、これから鳴子の地元の新聞社に、行ってみようと思っているのです。もしかしたら、仙太郎さんの引退について、特集号でも、出しているかもしれませんから」

と、亀井が、いった。

6

亀井は、鳴子温泉駅の近くの鳴子新報社を訪ねてみた。

その新聞社が発行している鳴子新報は日刊紙で、発行部数は、八千部といわれている。

亀井は、警察手帳を、見せてから、鳴子新報のデスクに会った。名前を落合という四十代の男である。

「この鳴子には、鳴子こけしの名人といわれる、仙太郎さんという人がいますね。去年の十月に、引退して、息子さんに跡を、継がせた。この件で、こちらの新聞で特集をやったというようなことは、ありませんか？」

亀井が、きくと、

「もちろん、やりましたよ」

と、落合がいった。

「何しろ、この鳴子といえば、こけしと温泉ですからね。この二つを、何とかもっと、盛大にPRして、観光客を、呼びたいんですよ。ウチの新聞は、八ページのタブロイド判ですが、この時は、特別に、二ページ使いました」

「その二ページになった特集号を、今、読むことは、できますか？」

「ええ、もちろん、できますよ。ちょっと、待ってください」

落合は、席を外し、奥からその特集号を、持ってきて、亀井の前に、置いた。

〈鳴子こけしの名人、仙太郎さんの引退を、惜しむ〉

大きな活字が、紙面で、躍っていた。

当然、仙太郎が引退声明を出した去年十月の、東京のデパートでの模様が、写真入りで、載っていた。

その記事を読んでいくと、「仙太郎ファンは、何人もいた」という見出しで、去年十月の東京のNデパートでの、即売会のことが記事になっていた。

もちろん、十本の鳴子こけしのうち、五本までを一人で、買っていった女性のことも、紹介されていた。

その記事の見出しは、

〈即売会で、仙太郎こけしをまとめて買った女性客に、インタビュー〉

となっている。

インタビューしているのは、今、亀井の目の前にいる、落合というデスクである。

「五本まとめてお買いになったところを見ると、鳴子こけしの、ファンのようですが」

「いえ、五年前に亡くなった、主人が東北が好きで、鳴子こけしの話を、よくしていました。東北方面に、旅行をすると、決まって、鳴子こけしを、買ってきましたが、主人は、どうしても、仙太郎印のこけしが欲しい。しかし、なかなか、売りに出ないので、買えないでいる。そんな話を、主人は、よく、していたんです。主人が亡くなった後、東京のNデパートで、東北祭りが開催されて、そこで鳴子こけしの即売も、行われるというので、来てみたんですよ。そうしたら、主人が欲しい、欲しいといっていながら、手に入れることのできなかった、仙太郎こけしが、十本も売りに出されているじゃありませんか？　本当は、十本全部欲しかったんですけど、ほかに欲しい方も、いらっしゃるようだったので、半分の五本だけを買いました」

「亡くなったご主人は、何か、鳴子こけしに関係のあるお仕事を、なさっていたんですか？」

「直接的な、関係はありませんが、大手の旅行代理店に、勤めていて、東北部門の、責任者をやっておりましたから、多少は、関係があったかもしれません」

「今回、仙太郎こけし五本を、いっぺんにお買いになりましたが、どうする、おつもりですか？」

「亡くなった主人が、どうしても、手に入れられなかったこけしですから、しばらくの間、五本全部を仏壇に、供えておこうと思っています。その後、主人が、親しくしていたお友だちに、プレゼントしようと、思っているんです。本当に、手に入れることができて、よかったです」

「失礼ですが、何を、なさっているんですか？」

「東京の下町で、和服の、染色をやっています」

「また、東北の鳴子に、いらっしゃいますか？」

「そうですね、亡くなった主人が、好きだった場所ですから、今度は、ちゃんとした、旅行会社のツアーに参加して、鳴子に行ってみたいと思っています」

　これが、落合デスクと問題の女性との会話の全てだった。

　亀井はすぐ東京にいる十津川に電話をかけ、この鳴子新報の、インタビュー記事の内容を伝えた。

7

十津川はすぐ西本と日下の二人に、携帯をかけた。

「今、鳴子にいる亀井刑事から、連絡があった。それで、問題の女性について、分かったことがある。第一、亡くなった夫は、東京で大手の、旅行代理店に勤め、東北部門の責任者をやっていた。第二、亡くなった夫は、鳴子こけしが好きで、仕事で、東北に行くと、必ず鳴子こけしを、買ってきていたが、仙太郎こけしだけは、なかなか手に入らず、悔しがっていた。そこで今回、デパートの即売で、仙太郎こけし五本をまとめて買ったそうだ。東京にある大手の旅行会社に行って、彼女の夫が勤めていた会社を、確認し、名前と住所を調べてくれ」

8

西本と日下の二人は、方針を変えて、覆面パトカーで、東京都内にある、大手の旅行代理店を片っ端から、調べていった。

三社目の、銀座に本社のある「あおい旅行」という会社で、西本と日下の二人は、求めていた答を、手にすることができた。

その会社の、広報部長に会い、西本が、きいた。

「こちらの会社に、六年前まで、東北部門を担当していた人間がいると聞いたのですが。六年前に病死している筈《はず》で、これに該当する人がいたら、教えてもらえませんか？」

広報部長は、あっさりと、

「それなら、広田部長でしょう。ウチで、東北部門を、担当していて、六年前に、病死しましたから」

「広田さんのフルネームを、教えてください」

「広田洋介です。亡くなった時の年齢は、四十五歳。優秀な社員でした」

その名前と、六年前の住所を、日下が、自分の手帳に、書き留めた。

西本が、質問を続けた。

「この広田洋介さんには、奥さんがいたと思うのですが、その奥さんの名前は、分かりませんか？」

西本が、聞くと、広報部長はすぐ、広田洋介が、会社に、提出していた書類を取り寄せて、二人に、見せてくれた。

広田洋介の家族の欄には「妻　順子」と書いてある。夫の洋介より、五歳年下である。

西本はすぐ、十津川に、連絡した。

「これから、日下刑事と広田順子の住所になっている三鷹《みたか》のマンションに行ってみます。広田順子に会えたら、何を、聞きましょうか？」

「なぜ、五本も仙太郎のこけしを買ったのか？　今、何体残っているのか？　この二点を、聞いてくれ。それから、東京で起きた殺人事件に、彼女が、関係しているのか、いないのかも調べてくれ」

と、十津川が、いった。

西本と日下は、国道20号から井の頭通りを走り、三鷹に向かった。

ＪＲ三鷹駅のすぐ近くに、探しているマンションが見つかった。

しかし、その五〇三号室に、広田順子の名前は、なかった。

管理人に、話を聞くと、

「広田さんなら、十日前に、亡くなりましたよ」

と、いわれてしまった。

「本当に、広田順子さんは、亡くなったのですか?」

「ええ、そうです。ちょうど十日前でした」

「病死ですか?」

「いや、自殺と聞いています」

「自殺? どうして、自殺なんかを?」

「たぶん、六年前に、ご主人を亡くされて、その後、ずっと一人で、生きてこられたけど、やっぱり、寂しかったんじゃありませんかね? 多量の睡眠薬を飲み、部屋に、放火したんですよ。おかげで、両隣の部屋も、半焼して、修繕中ですよ。といっても、管理人の私が、お金を出すわけではなくて、不動産会社が、お金を出すんですけどね」

「亡くなった広田順子さんですが、彼女の遺体は、誰が、引き取っていったんですか?」

と、西本が、きいた。

「私はよく知りませんけどね、何でも、遠い親戚《しんせき》だという方が、引き取っていったみたいですよ」

と、管理人が、いい、それから先は、西本と日下が、何を聞いても、私は、知らないを繰り返した。

二人の刑事は、覆面パトカーに戻ると、十津川に、連絡を取った。

「こちらのマンションに来たところ、十日前に睡眠薬を飲んで、部屋に放火して自殺したので、部屋が焼けてしまったそうです。年齢は四十六歳で、遺体を引き取っていったのは、遠い親戚で、その人間のことは、何も知らないと、管理人はいっています。それで、これから、私と日下は、三鷹警察署に行って、この事件を、担当した刑事から話を、聞いてみようと思っています」

と、西本が、いった。

9

西本と日下の二人は、覆面パトカーを飛ばして、三鷹警察署に行き、十日前の自殺事件について、担当した刑事から、話を聞くことにした。

ベテランの片桐という刑事が、二人に向かって、いった。

「ちょうど十日前の夜でした。最初は、三鷹駅前のマンションで、火災が発生したということで、消防が、駆けつけて消火に当たったのですが、鎮火した後、部屋から、死体が見つかったので、この時点で、われわれが、鑑識を連れて、現場に、行くことになりました」

「自殺と断定した理由は、何ですか？」

と、西本が、きいた。

「最初は、自殺、他殺の両面から調べていましたが、被害者を恨んでいた人間も見つかりませんし、睡眠薬を常用していたことも分かりました。それで、六年前に、夫を亡くした寂しさから、発作的に自殺したのだろうという結論になりました」

「被害者は、下町で、和服の染色の仕事をしていたと聞きましたが」

「墨田区の和服の研究所で、染色の仕事をやっていたのは、間違いありません。しかし、それも、一ヶ月ほど前から、休んでいたことが分かりました。その頃から、自殺を考えていたんじゃありませんかね」

と、片桐は、いった。

翌日の捜査会議では、西本と日下のもたらした報告が、争点になった。

十津川が、三上《みかみ》本部長に、報告する形で、話が進んだ。

「われわれが探していた女性は、五月五日に、死んでいたことが判明しました。三鷹警察署は、これを、自殺と断定しましたが、われわれは、この断定には、疑問を持っています。なぜならば、もし、広田順子が部屋に、放火して自殺したのであれば、問題の鳴子こけしは、そこに残っているか、焼けてしまったことになります。しかし、その後に起きた、東京の殺人事件で、現場に、問題の鳴子こけしが一本置かれていたのです。広田順子は死んでしまい、マンションの部屋が、焼かれたのに、仙太郎こけしは、無事だったということに、なります。これが、おかしいことは、誰にも分かります。もしかすると、何者かが、問題のこけしを広田順子から、奪うために、大量の睡眠薬を飲ませた上で、彼女を殺し、その後、部屋に放火したということも考えられます」

「しかしだね」

と、三上が、いった。

「君は、広田順子の死が自殺ではなくて、殺人だと、見ているわけだろう？」

「その可能性があります」

「鳴子こけしを奪うために、誰かが、殺人まで、犯したというのかね？」

「ほかに、考えようがありません」

「しかし、何のために、そんなことをしたのかね？」

「今のところ、単なる、想像でしかありませんが、何者かが、丸の内のホテルKのスイートルームで、大河内敬一郎を殺し、その現場に、仙太郎の作った鳴子こけしを、置くために、あるいは、そのこけしに一番の『1』を書くために、広田順子を殺し、こけしを奪ったものと、考えています」

「しかし、ホテルの、スイートルームで大河内敬一郎を、殺す前に、わざわざ一人の女性を殺して、鳴子こけしを、手に入れた。そういうことになってくるんだが、君は、そう考えているのか？」

三上の声には、十津川を非難するかのような、響きがあった。十津川の考えが、三上には、納得できなかったのだろう。

「今の私には、そう考えざるを、得ません」

と、十津川が、繰り返した。

三上は、小さく咳払《せきばら》いをしてから、

「それでは、細かいことに、話を移していこう。ホテルKのスイートルームでの大河内敬一郎殺しだが、容疑者は、浮かんでいるのかね？」

「まだ、浮かんでおりません」

「それでは、現場にあった、こけしの持ち主の名前が、分かったところで、どうしようもないだろう？　第一、その女性も、死んでしまっているんだろう？」

「ですから、広田順子の自殺を、もう一度、捜査し直してみようと思っているのです。広田順子を、殺して、彼女の持っていた鳴子こけしを、奪ったと思われる人間が、ホテルKのスイートルームで、大河内敬一郎を殺した犯人でもあると、考えていますから」

「もう一人、問題の女性が、いるだろう？」

と、三上が、いった。

「ホテルKのスイートルームで、大河内敬一郎と、当日の午後十時に会うことになっていた女性ですね？」

「そうだ」

「その女性については、名前も、どんな女性かも分かっています」

「その女性についてだが、二つ質問がある。本当に、大河内敬一郎と、関係があったのか？　もう一つは、大河内敬一郎の殺人と、その女性は、本当に、関係があるのかどうかということだ。それについて、君に説明してもらいたい」

「今までに分かったところでは、彼女は、大河内敬一郎が経営している、会社のコマーシャルモデルを、やっていました。ところが突然、そのコマーシャルのモデルが、別人に代わり、彼女は、社長の、大河内敬一郎から、六本木のマンションを、買い与えられて、そこに、住むようになりましたから、二人の間に、男女の関係があったことは、間違いないと思います。

それから、事件当日の、彼女のアリバイですが、彼女は、夜の十時に、ホテルのスイートルームに、大河内社長を、訪ねることになっていましたが、彼女の証言によれば、急に体調が悪くなったので、その旨《むね》を、大河内社長に、電話で伝えようとしたが、いくら携帯を鳴らしても、大河内社長は、出なかったということです。こちらで、調べたところ、大河内敬一郎の携帯に、電話をしたことははっきりしています。彼女の証言は、一応、納得できると考えています。

ただし、大河内社長殺しの犯人ではないという確証は、ありません。大河内敬一郎が殺されたのは、同日の、午後九時四十分頃と、考えられます。死因は、鋭利なナイフで、胸を二回刺されていて、そのことによるショック死と考えられています。相当な力を込めてナイフを、刺さなければ、肺に達することはできませんから、その点、彼女は、女性なので、犯人ではないと、思われるのですが、彼女は、二十代の若さですから、そのくらいの力を、持っているかもしれません」

「しかし、彼女には、夜の十時に、ホテルにいた大河内敬一郎の携帯に、電話をしたという証拠が、あるんじゃないのかね？」

「たしかに、携帯をかけていたという証拠はありますが、彼女がその時刻に、どこにいたのかが、分かりません。彼女が、午後九時四十分に、ホテルに、訪ねていって、大河内敬一郎を刺し殺し、その直後に、どこかから、携帯をかけることもできますから、携帯は、完全なるアリバイとはいえないのです」

と、十津川が、いった。

第二章　こけしが泣いて二人目が死んだ

1

相変わらず、ＳＬの人気が高い。そのため、今、全国の多くの路線では、週末など日時を限ってだが、ＳＬを、走らせている。特に、家族連れ、子どもの人気は、絶対である。

中でも、マニアに人気があるのは、たぶん、山口県下の、山口線で、新山口駅と津和野《つわの》駅との間で運行されているＳＬやまぐち号だろう。この、ＳＬやまぐち号で眼を引くのは、そのプレートナンバーである。

C57‐1

これが、SLやまぐち号の、車体についているプレートナンバーである。

SLは、それぞれ魅力的だが、このC57形は、その走る姿から「貴婦人号」と呼ばれている。

このSLやまぐち号に対抗するように、JR東日本では、会津若松、喜多方《きたかた》、そして、新潟の新津《にいつ》に至る磐越西線《ばんえつさいせん》に、同じ貴婦人号、C57形蒸気機関車を走らせている。

SL「ばんえつ物語号」である。

どちらのSL列車も、観光客には、すこぶる、評判がいい。

また、C57形蒸気機関車が牽引《けんいん》する客車にも、それぞれに工夫を凝らしていた。

SLやまぐち号の場合でいえば、五両の客車が、連結されているのだが、1号車は、展望車風の客車、2号車は、ヨーロッパ風客車、3号車は、昭和風の客車、4号車は、明治風の客車、そして、5号車は、大正風の客車と、それぞれに、意匠を凝らしている。

SLばんえつ物語号の場合は、客車の中の中間の車両が、窓の大きな展望車になっているほか、客車の中に、赤い郵便ポストが備えてある。そこに投函《とうかん》すると、オリジナルの消印が、押されて配達されるということで、これもまた人気になっている。

しかし、熱心な、鉄道マニアにいわせると、同じ貴婦人号でも、SLやまぐち号とSLばんえつ物語号とでは、大きな違いがあるという。

それは、製造番号である。

SLやまぐち号は「C57－1」、そして、SLばんえつ物語号は「C57－180」。つまり、やまぐち号のほうは、C57形蒸気機関車の一号機であることを示しているし、SLばんえつ物語号のほうは、同じC57形でも百八十番目の、蒸気機関車なのである。

そんなこともあってか、本州の西の端、山口県の山口線を走る、C57形SLを撮りにやって来るマニアは、いつも、かなりの数に上る。

この日も、SLやまぐち号の始発駅、新山口駅の周辺には、いわゆる、撮《と》り鉄《てつ》たちが集まっていた。

駅のほうでも、そうしたマニアに向けて、SLやまぐち号の、撮影ポイントを紹介するパンフレットを作成して、配っている。パンフレットには、二十ヶ所以上の、撮影ポイントが示されている一方、「この辺りには、駐車場がありません。だからといって、私道に勝手に、車を停めないようにしましょう」「周辺の住民の皆さんの、ご迷惑にならないよう、マナーを守って、撮影しましょう」などの注意点も書いてある。

ＳＬやまぐち号は、この日も、定刻の10時48分に、新山口駅を、発車した。マニアたちは一斉に、自家用車か、レンタカーを走らせて、撮影ポイントへと、先回りする。

そこで、陣取り合戦のようなことが、あったりするのだが、撮影するとすぐ、車で、次の撮影ポイントに、駆けつけて、またＳＬやまぐち号を待ち受けるのだ。

誰もが推薦するいちばんの撮影ポイントは、鉄橋である。例えば、阿武《あぶ》川の鉄橋を渡るＳＬ列車は、誰が撮っても絵になるからだ。

上り坂が撮影ポイントだという人もいる。上り坂にかかると、力を強くしなければならないので、くべる石炭の量も、多くなり、煙突から吐き出される黒煙も、多くなるので、力強いＳＬというイメージの写真が、撮れる可能性が、高くなるのだ。

そうした撮影ポイントには、自然に多くのマニアが、集まってくる。

新山口を、10時48分に発車したＳＬやまぐち号は、終点の津和野に、12時58分に到着する。

山口線は、津和野の先まで、続いているのだが、ＳＬやまぐち号が、津和野を折り返し点にして、引き返すのは、津和野に、蒸気機関車の方向転換をする装置、転車台があるからである。

津和野で、一休みしたＳＬやまぐち号は、15時19分に、津和野を発車して、新山口に帰っていく。

ＳＬやまぐち号の往復を、追いかけるマニアも、いつもかなりの数になる。帰りのＳＬやまぐち号は、終点の新山口には17時04分に着くから、まだ周囲は、明るい。もちろん、秋ともなれば、暗闇《くらやみ》の中を走るＣ57-1蒸気機関車という、この季節ならではの写真を撮ることができるので、わざわざ帰りのＳＬやまぐち号を、追いかけるマニアもいるのである。

今日は、17時04分に、ＳＬやまぐち号が、終点の、新山口駅に着いたところで、撮影会は、終了した。

ＳＬやまぐち号を、追いかけて走り回っていたマニアたちの車も、いつの間にか、姿を消していた。

津和野に近い徳佐《とくさ》駅の辺りには、一面の畑が、広がっていて、その田園風景の中を走るＳＬやまぐち号の姿も、撮影ポイントの、一つとなっている。そのせいで、道路上に車を停め、カメラを持って、畑の中に入っていき、畦道《あぜみち》に三脚を立てるマニアも多いのだが、この時間になると、そのマニアたちの姿も、消えている。

ただ、近くの道路上に、一台だけ、東京ナンバーの車が、夜になっても、動こうとせずに、停っていた。

翌朝、地元の、農家の老人が、その車の運転席を覗《のぞ》くと、そこに、若い女性が倒れているのを発見した。

老人は、ドアを叩《たた》いてみたが、起き上がる気配がない。死んでるように動かないのだ。それで、慌《あわ》てて一一〇番すると、パトカーがやって来て、辺りは急に騒がしくなった。

2

山口県警のパトカーと、鑑識の車が、現場に急行した。

運転席から、動かない女性の体を、車の外に運び出した。

仰向《あおむ》けにすると、胸元に、血が、べっとりとついていることが分かった。三ヶ所もナイフで刺されていて、噴き出した血は、すでに乾いていた。

しかし、車内のどこにも、凶器と思われるものは、発見できなかった。

これで、自殺の線は消え、殺人事件と断定された。

検視官は、死体を調べた後、捜査の指揮を執る、青木警部に向かって、

「殺されたのは、おそらく、昨日の午後三時から四時の間だね」

「そうすると、ＳＬやまぐち号の上りが、ちょうど、この辺りを走っていた頃ということになるね」

と、青木が、いう。

「もし、そうなら、この辺には、車がたくさん停まっていて、カメラを持ったマニアたちが、ＳＬやまぐち号が、来るのを待ち構えていた、ちょうどその頃だよ。当然、誰も彼も、線路の方に、行っていて、ここの辺りに残っている人間なんか、いないだろうね。ここから、線路まで、百メートルはある。みんな、ＳＬを、カメラに収めることに夢中だったはずだよ」

と、検視官が、いった。

死者が乗っていた車は、アウディー、ナンバーは、品川ナンバーである。

刑事たちは、被害者の女性の運転免許証を探し出した。

運転免許証にあった名前は、矢《や》次《つぎ》弥生《やよい》、三十歳、住所は、東京都世田谷区代田のマンションに、なっていた。

もう一つ、ポケットには、名刺入れが入っていて、同じ矢次弥生の名刺が、十八枚も入っていた。

その名刺に書かれた肩書きは、写真家である。そういえば、車の助手席には、プロ用と思われる、長い望遠レンズのついた高級カメラと、小さなデジカメが置いてあった。

青木警部は、名刺にあった電話番号に、自分の携帯から、電話をかけてみた。

しかし、呼び出してはいるのだが、一向に、誰も、電話に出てこない。

(被害者は、独身なのだろうか？　それとも、彼がいても、出かけてしまって、いるのだろうか？)

そんなことを考えながら、時間をあけてかけてみたが、結果は、同じだった。

青木たちは、死体を、車に戻し、車ごと、山口警察署に運んだ。

司法解剖のため、死体を、大学病院に送った後、刑事たちは、被害者の所持品を、調べていった。

車の後部座席には、財布やハンカチ、化粧道具などの入ったハンドバッグがあった。

財布の中には、八万五千円の紙幣と、百円玉が六枚入っていた。

そのほか、ハンドバッグには、ボールペンが、二本入っていた。

腕時計は、男物のような大ぶりなもので、気温や高度を示す、目盛りのついているものだった。

車のキーは、車に、差し込んだままになっていたから、もう一つ、ハンドバッグの中に入っていたキーは、おそらく、自宅マンションのものだろう。

「それにしても、肝心なものが、見つからないな」

と、青木が、いった。

「携帯電話でしょう?」

と、部下の吉田刑事が、いう。

「ああ、そうだ。それに、手帳がない。ハンドバッグに、ボールペンが、二本も入っていたのに、手帳がないというのは、おかしいじゃないか」

「たぶん、携帯電話も手帳も、犯人が、持ち去ったんでしょうね、凶器と一緒に」

と、吉田が、いった。

その時、車の中を、調べていた刑事の一人が、青木のところに来て、

「面白いものを、見つけましたよ」

と、いって、小さな人形を差し出した。

それは、こけしだった。頭をねじると、キュッキュッと鳴く、あの、鳴子こけしである。

「こけしじゃないか。こんなもの、どこにあったんだ?」

青木が、きく。

「トランクに、カメラ器材を入れていた大きなバッグがあったのですが、その中に、入っていました」

「山口線の沿線で、鳴子こけしを売っているところが、あるのか？」

青木が、周りにいる刑事たちを、見回しながら、きいた。

「ない」という答えと「知らない」という答えが、半々で、「ある」という言葉はなかった。

「このこけしは、犯人が、わざわざ、車内に置いていったということなのか？」

青木は、自問するように、いってから、ふと、東京で起きた殺人事件のことを、思い出していた。

今から一週間ほど前の、五月十日、東京のホテルの豪華な部屋で、六十歳の資産家の男が、殺された事件である。

たしか、あの、事件の場合も、殺人現場となった、ホテルの部屋から、鳴子のこけしが、見つかっていたはずである。

「こうなってくると、東京の殺人事件と、何か、関係があるのだろうか？」

青木は、首をかしげた。

その日のうちに、捜査本部が、山口警察署の中に、置かれた。

助手席にあった、二台のカメラに残されていた画像を、全員で、見ることになった。

予想通り、中に入っていた画像のほとんどが、ＳＬやまぐち号を、撮った写真だった。

ＳＬやまぐち号が、新山口駅を発車する瞬間、鉄橋を渡るＳＬやまぐち号、トンネルから、猛烈な勢いで、煙を吐き出しながら出てくるＳＬやまぐち号、ＳＬマニアの群れ。そして、最後に写っていたのは、被害者が、車とともに、発見された現場の一つ手前の駅に、停まっているＳＬやまぐち号である。

撮影されたコマ数は、全部で、千五百を超えている。プロの写真家らしく、東京から車でやって来て、昨日一日、ＳＬやまぐち号を、車で追いかけ回して写真を撮っていたに違いない。そして、あの現場で、何者かに、刺殺されたのである。

司法解剖の結果は、青木が、想像していたものと、ほとんど、変わりがなかった。

死亡推定時刻は、昨日、五月十七日の午後三時から四時の間、死因は、胸を、三ヶ所刺されたことによる出血死と断定された。

この結果を受けて、青木警部が、警視庁に電話を、かけようとしていた矢先に、向こうから、かかってきた。相手は、警視庁捜査一課の十津川警部だと、名乗った後、

いきなり、

「先ほどテレビのニュースで見ましたが、そちらの殺人現場にも、鳴子こけしが、残されていたそうですね？」

「死体は、運転席で発見されたんですが、トランクにあった、大きなバッグの中に、こけしが、入っていたんです。それで、今、そちらに、電話をしようと思っていたところです」

と、青木が、いった。

「そのこけしですが、底の部分に、ナンバーが、入っていませんか？」

十津川が、きく。

「2という数字が、書いてありますよ。たしか、東京で起きた殺人事件でも、数字が書いてあったはずですね？」

「東京の場合は、1という数字です。もし、同じ犯人なら、そちらで、起きた殺人事件は、犯人による、二番目の殺人、つまり、連続殺人ということに、なってきますね」

「被害者は、東京の人間なので、そちらで、どんな女性なのか調べていただくと、ありがたいのですが」

「分かりました。捜査に当たって、何か参考になりそうなものは、ありますか？」

十津川が、きいた。

青木は、被害者が、持っていた名刺、運転免許証、免許にあった写真などをメールで、警視庁に送った。

3

翌朝から、東京で、矢次弥生という女性についての捜査が始まった。

西本と日下の二人は、矢次弥生の住所、世田谷区代田のマンションに行き、三田村と北条早苗の二人は、四谷にあるYCCという、若手の写真家たちのグループで、矢次弥生について、話を聞くことに決めた。

世田谷のマンションは、環七通り沿いにある瀟洒《しょうしゃ》なマンションである。その最上階十二階の角部屋が、矢次弥生の、部屋だった。

管理人に頼んで、部屋のカギを、開けてもらう。

部屋の中に入った二人の刑事は、異口同音に、

「大きな部屋だね」

と、いい、管理人に、

「リフォームしたんじゃありませんか？」

「ええ、そうなんですよ。ここに三年、矢次さんは、住んでいるんですが、二年ほど前に、住みやすくしたいといって、大きな改造をされました。それで見違えるような、新しい住まいに、なっているでしょう？」

と、管理人が、いう。

全《すべ》てに、高級感がある。部屋を改造しただけではなく、部屋に置く家具も、新たに、購入したのだろう。

名刺には写真家とあったし、山口県の殺人現場に、残されたアウディーの中には、プロ用の高級なカメラが、あったというが、この部屋にも、さらに二台、望遠レンズのついた、プロ用のカメラが置いてあった。

「2LDKというだけあって、かなり、広い部屋だね」

西本が、いい、管理人に、

「改造する前は、どんな、間取りだったんですか？」

と、きいた。

「しばらくの間、矢次さんは、ここの角部屋で暮らして、いたのですが、二年前に、隣の部屋が空くと、すぐに買われましてね。その後で、二つの部屋をつないで、リフォームしたんですよ。だから、こんな広い部屋に、なったんです。部屋の購入費などを、入れると、全部で一億円ぐらいは、かかったんじゃありませんかね」

と、管理人が、いう。

「一億円ですか。そりゃあすごい。矢次弥生さんは、写真家と聞いたんですが、写真家って、そんなに、儲《もう》かるんですかね？　それとも、スポンサーがいたんでしょうかね？」

「さあ、どうでしょう、その辺のことは、私には、分かりませんが」

「矢次弥生さんは、この広い部屋に、たった一人で、住んでいたんですか？　誰か、同居人が、いたんですか？」

「矢次さんは、ずっと一人ですが、部屋が広くなってからは、同じカメラマンらしい人が集まって、ドンチャン騒ぎをしていましたよ」

「矢次弥生さんは、三年前に、引っ越してきたといわれましたね。その時に、角部屋を、買ったんですか？」

「そうです」

「それだけでも、かなりの金額ですよね」

「ええ、そうですね」

「そして、二年前に、隣の部屋も買って、大改造した？」

「ええ」

「矢次弥生さんが、どこの、生まれなのか、両親や兄弟は、今、どこに住んでいるのか、ご存じですか？」

西本が、きいた。

「長野の生まれだと、聞いたことがあります。しかし、ご家族が今、どこに住んでいるのか、元気なのかどうかは、知りません。そういう話は、あまり、しない人でしたから」

「普段、彼女は、よく、旅行をするほうですか？」

「そうですね、時々、部屋を、留守にして旅行に行かれてましたよ。プライベートのことも、仕事のこともあったと思いますが、どちらの時でも、旅行先で買ったお土産をいただくので、彼女が、どこに、旅行に行ったのか分かるんですよ」

西本が、そんな管理人に話を聞いている間、日下は、机の上にあった、パソコンをいじっていたが、

「これを見てくれ」

と、声に出した。

西本が、パソコンを覗き込むと、その画面には、西本も知っている五つの雑誌の名前と、編集者の名前が、並んでいた。

「これを見ると、被害者は、雑誌社から、依頼されて、さまざまな写真を撮っていたんじゃないか？　ＳＬやまぐち号の写真もここにあるどれかの雑誌に頼まれたんだろう」

と、西本が、いった。

「じゃあ、ここに出ている雑誌の、編集者に会えば、写真家・矢次弥生のことが、分かりそうだな」

日下が、いった。

その画面をプリントし、それを持って、二人の刑事は、雑誌社に話を聞きに行くことにした。

4

その頃、三田村と北条早苗刑事の二人は、四谷駅の近くにある、若手写真家のクラブ、ＹＣＣで、事務局長に、矢次弥生について、質問していた。

「今、ＹＣＣには百二十人の会員がいるんですが、矢次クンは、その中でも才能を感じさせる写真家だと思っていますよ。それが、こんなことに、なってしまって、残念でたまりません」

三十代の事務局長が、いった。

「矢次弥生さんは、独身だと、聞いたんですが、決まった相手、恋人のような人はいたんですか？」

北条早苗が、きいた。

「いつだったか、たまたま、矢次クンと二人だけになる時があって、その時に、あと四、五年は、写真だけに、専念したいので、恋人も作らないし、結婚もしない。そんなことをいっていましたね」

「今度の、ＳＬやまぐち号の写真ですが、どこかの雑誌に頼まれて、撮影をしに行ったわけですか？」

三田村が、きくと、

「多分、『日本の鉄道』という鉄道関係の専門誌があって、そこからの依頼で、ＳＬやまぐち号を、撮りに行ったんじゃありませんか？　ここでは、分かりません」

「遠慮なく聞きますが、矢次弥生さんぐらいのキャリアで、写真だけで食べていけるんですか？」

　早苗が、きいた。

「そうですねえ」

　と、事務局長は、一瞬ためらってから、

「正直にいえば、ちょっと苦しいんじゃありませんかね。今は、カメラがよくなって、誰でも撮れますからね」

「しかし、矢次さんは、アウディーに乗り、世田谷区代田の、決して安くはないと思われる、マンションに住んでいますが」

「それについては、私は、何も知りません」

　と、事務局長は、回答を逃げてしまった。

　西本と日下は、「日本の鉄道」という雑誌社を訪ね、編集長に会ったが、西本が、SLやまぐち号のことを聞くと、編集長は、

「いや、うちでは、そんな仕事を頼んだことはありませんよ」

　あっさり否定した。

「こちらで、同じ仕事を考えるとしたら、矢次弥生さんに頼みますか？」

と、西本が、きいた。

「いや、矢次さんには、頼みませんよ」

と、編集長が、答える。

「どうしてですか？」

「もっと、ベテランの写真家に頼みますよ。ＳＬの写真というのは、意外に難しいですからね」

「矢次弥生さんじゃ駄目ですか？」

「それに、ネームヴァリューがありませんからね」

「ネームヴァリューより、腕じゃありませんか？」

「腕といっても、彼女くらいの腕のある写真家は、沢山いますからね」

「しかし、矢次弥生さんは、広いマンションに住み、カメラだって、何台も持っていますよ。それでも、矢次さんクラスでは、仕事はありませんか？」

「ありませんねえ。だから、あのクラスでは、自分の方から、積極的に、売り込まないと、生きていけないんじゃないかな」

編集長は、あくまでも、夢のない話を続けた。

日下は、これ以上、ＳＬやまぐち号の話をしても、仕方がないので、鳴子こけしの話に切りかえた。

「今まで、こちらで、矢次さんに、鳴子こけしの写真を頼んだことは、ありませんか？　鳴子は、陸羽東線が走っているし、あのあたりは、列車に景色をからめて撮れば、面白いんじゃありませんか？」

日下が、いうと、編集長は、笑って、

「確かに、列車と、鳴子こけしを並べると面白いので、うちの雑誌でも、前にやったことがありますよ」

「その時も、矢次さんには、頼まなかったんですか？」

「うちの編集者が、自分でカメラを持って、写真を撮ってきましたよ」

それが、編集長の答えだった。

結局、他の四社に当たっても、矢次弥生にSLやまぐち号の撮影を依頼した社は、なかった。

5

午前十時三十分、三田村刑事と、北条早苗刑事の二人は、高井戸《たかいど》に来ていた。あの後、ＹＣＣで、矢次弥生といちばん仲の良かった、同じ若手のカメラマンの名前を聞いて、高井戸までやって来たのである。

こちらのマンションの五階に、矢次弥生と、仲の良かった金子大輔という、同じ三十歳の、若いカメラマンが、住んでいるはずだった。

管理人に、金子大輔を呼んでくれと、頼むと、五、六分して、金子本人が、五階から降りてきた。

金子は、明らかに、今起きたばかりという顔で、二人の刑事に、

「これから、モーニングサービスを食べに行こうと思っていたんですよ。すぐその喫茶店なんですが、一緒に行ってくれれば、そこで話をしますよ」

と、いった。

仕方がないので、三田村たちは、マンションの近くにある喫茶店まで、金子についていった。

金子の顔を見ると、店にいた、ウエイトレスが黙って、コーヒーと、目玉焼きとトーストを、金子の前に置いた。この若いカメラマンは、ほとんど毎日、この店に来て、モーニングサービスで、朝食を済ませているらしい。

「矢次弥生さんが、山口で殺されたことは知っていますか？」

と、三田村が、きいた。

金子は、トーストを、音を立てて、食べながら、

「もちろん知っていますよ。残念で仕方が、ありませんよ。とにかく、彼女、いい才能を持っていましたからね」

「矢次弥生さんは、SLやまぐち号の写真を撮りに山口に行っていたんですが、聞いてましたか？」

早苗が、きいた。

「いや、全く知りませんでした」

「仕事の話はしないんですか？」

「あまりしませんよ。僕にしても、彼女にしても、もういい年齢《とし》ですからね」

「矢次さんクラスの写真家には、あまり仕事がないそうですが、本当ですか？」

「そうですねえ。確かに、仕事は少ないから、僕たちは、自分で一生懸命、仕事を探していますよ」

「金子さんは、矢次弥生さんと、仲が良かったそうですね？」

早苗がきくと、金子は笑って、

「変に気を廻されると、困るんですがね。彼女とは、確かに、仲が良かったけど、別

に、恋愛関係があったわけじゃありませんよ。まあ、気が合うんでしょうね。一緒に飲んでる時なんかは、彼女が女だということを、忘れてしまって、あとで、謝ったりしていましたがね」

「矢次さんは、金持ちですか？」

三田村が、いきなりきくと、金子は、

「え？」

と、声に出してから、

「どうして、そんなことを聞くんですか？」

「ご存じと思いますが、矢次さんは、世田谷のマンションに住んでいました。三年前に一部屋を買ったんですが、隣部屋が空くと、そこも買い、それにあわせて、大改造してるんですが、管理人の話では、一億円はかかったろうと、いうんです。どうですか？　その頃、矢次弥生さんが、大金を儲けたという話を聞いていませんか？」

「金儲けの話って？」

「例えば、親戚《しんせき》の、叔父さんとか、叔母さんとかが亡《な》くなって、莫大《ばくだい》な、遺産が入ったとか、宝くじが当たったとか、臨時に、何億円かの大金が、手に入ったとか、そんな話を、矢次さんが、していたことがなかったですか？」

「そんな話、一度も、聞いたことはありませんね。もし、彼女が、宝くじに当たったとしても、そのことは、誰にも、話さないと思いますよ。話すと、誰も彼もが、奢《おご》ってくれといって、押しかけて来ますからね」

金子が、いう。

「話は変わりますが、金子さんは、こけしを持っていますか？　鳴子のこけしです」

と、三田村が、きいた。

「ちょっと待ってくださいよ。いきなり、それって、いったい何の、質問なんですか？　大金の話とか、こけしの話とか、訳が、分かりませんね」

「別に、大した意味は、ありません。ただ、あなたが、鳴子こけしを持っているかどうかを、知りたいのですよ」

とだけ、早苗が、いった。

「たしかに、何本か、持っていたんじゃないかな」

「そのこけしは、自分で買ったんですか？　それとも、もらったんですか？」

「たしか、昔の友だちに、もらったはずですよ。そうだ、どこかに、旅行したからといって、お土産に、もらったんだ。僕は、こけしには全く興味がないので、どこかに、放り投げてあると思いますね」

「それでは、マンションに戻ったら、こけしを、探して、見せてくれませんか?」

と、三田村が、いった。

三人は、マンションに、引き返したが、それからが、大変だった。

金子は、どこに、放り込んでしまったのか分からないといって、部屋中を、探し始めたのである。

こけしは、なかなか見つからず、一時間近く経《た》って、やっと、押入れの隅に、袋に入れられて、放り込まれていた三本のこけしが見つかった。

しかし、それは、鳴子の、こけしではなかったし、どこにでも、あるような安物のこけしだった。

それでも、三本のこけしを、借用書を書いて、金子から借り、捜査本部に、持って帰った。

何とか、今回の被害者、矢次弥生のプロフィールが、でき上がると、それを、山口県警に知らせる一方、十津川は、次に、矢次弥生と大河内敬一郎との関係を、徹底的に、調べることにした。大河内敬一郎が殺されていたホテルの現場に一本、そして今回、矢次弥生という、三十歳の女性写真家が殺されていた車の中にも、五本のうちの二本目と思われる鳴子こけしが、メッセージのように置かれていたからである。

十津川は、刑事たちに、いった。

「この、二つの殺人事件は、どう考えても、同一犯人による犯行と見て、間違いない」

「私も、そう、思います」

亀井が、肯《うなず》く。

「一般の殺人事件では、犯人は、続けて人を殺しても、同一犯の犯行とは知られないよう、殺人の方法を変えたりして細工を施すもので、それが常識だ。今回の犯人は、自分のほうから、二件の殺人事件とも、自分が実行したと、わざと、知らせてきている。そのため、問題の鳴子こけしを、殺人現場に、置いている。これは、明らかに、犯人が残した、メッセージだと、私は、考えている。したがって、二人の被害者の間には、必ずどこかに、接点があるはずだ。今回の犯人は、例の五本の鳴子こけしを手に入れて、殺人現場に、一本ずつ置いていっている。ひょっとすると、犯人は、あと三人、殺すつもりでいるのかもしれない。それを考えると、一刻も早く、犯人を逮捕しないと、さらに、犠牲者が出る恐れがある。もし、第一、第二の二人の被害者の間に、何らかの、共通点が見つかれば、それだけ犯人に近づけるはずだ。従って、第三の殺人事件が、起きる前に、共通点を見つけ出す必要がある」

6

聞き込みから、帰ってきた刑事たちの報告から、十津川は、いくつかの項目をあげ、二人の共通点を探そうとした。

例えば、二人が生まれた場所である。もし、同じ町で生まれていれば、それが、共通点になる。

しかし、矢次弥生は、長野県の、生まれ、大河内敬一郎は、北海道の、生まれである。

年齢も、はるかに違う。

大学は、大河内敬一郎が、S大学法学部政治学科、矢次弥生は、高校を出た後、写真の、専門学校に入っている。

大河内敬一郎の両親は、すでに、亡くなっている。矢次弥生のほうは、母親は、長野県に健在だが、父親は、すでに、十数年前に病死している。

信じている宗教は、二人とも、同じ仏教だが、宗派が違う。大河内敬一郎は、日蓮《にちれん》宗、矢次弥生は、曹洞《そうとう》宗である。

愛車も、大河内敬一郎の場合は、ベンツ二台とロールスロイス、矢次弥生の場合は、アウディーである。

親しい医者や弁護士も違う。大河内敬一郎は、医者も弁護士も、かかりつけの医者がおり、顧問弁護士がいるが、矢次弥生のほうは、顧問弁護士は、いないし、かかりつけの医者も、いない。

大河内敬一郎は、軽井沢と箱根に別荘を持っているが、矢次弥生は、別荘は、持っていない。

刑事たちは、懸命に、聞き込みに回っているのだが、二人の共通点は、一向に見つからない。十津川は、調べる範囲を広げることにした。

二人の間に共通点はなくても、二人が親しくしている人間がいて、それが、同一人物であれば、それが、共通点になるのではないかと考えたのである。

調べてみると、瞑想会《めいそう》という、一種の占いの会があって、大河内敬一郎は、そこの、会長と親しくしていた。会長は、八十歳だが、大河内敬一郎は、仕事の上で、判断に迷うようなことがあると、会長のところに行き、占って貰《もら》っていたという。

一方、矢次弥生も、占いが好きで、取材で、地方に行ったりすると、神社に寄って、必ず、おみくじを買う。

ただし、彼女は、おみくじの言葉を信じたことはない。その程度の、信仰心なのである。

山口県警の、青木警部から、お礼の電話がかかってきた時、十津川は、今、二人の被害者の共通点を、探しているが、なかなか、見つからずに困っていると、青木警部に伝えた。

「私も、十津川さんと、同じように、二人の被害者の、共通点を見つけ出すことが、捜査の早道だと、考えたのですが、この二人を見ると、最初から、共通点は、ないだろうと、思ってしまいますね。何しろ、第一の被害者、大河内敬一郎と、第二の被害者、矢次弥生とは、あまりにも違いすぎます。何よりも私は、二人の住む世界が、違いすぎるような気がするのです。ＩＴ業界の雄と、売れないカメラマンですから。金持ちと貧乏人とか、年寄りと子供みたいに、たとえ収入や年齢に差があっても、同じ世界の中でなら、どこかで必ず、接点があるはずです。しかし、住む世界が違ってしまうと、そうはならないんじゃありませんか」

と、青木が、いった。

「たしかに、今のところ、共通点が全く見つかりませんね」

十津川は、正直に、いった。

たしかに、青木のいうように、住む世界が、違うと、当然、共通点も少ないことに、なるだろう。

それに、三人目として、犯人が、加わるのである。大河内敬一郎と、矢次弥生の二人だけならば、XとYの、方程式になってくるが、それに犯人がプラスされると、X、Y、Zの複雑な方程式に、なってしまう。

よく考えてみると、もう一つの、共通点を探す必要があるのを、十津川は、思い出した。

それは、例の鳴子のこけしである。

鳴子のこけしは、犯人からのメッセージと考えられる。犯人は、大河内敬一郎を殺したのも、矢次弥生を殺したのも、自分なのだという、意思表示を込めて、殺人現場に、同じ作者の作った、鳴子のこけしを残している。

犯人は、どんなメッセージを込めているのか、それも知る必要がある。

(それは、いったい何なのか?)

現場に残す鳴子こけしは、安物のこけしではなくて、仙太郎という、名工が作ったこけしである。そのことが、犯人にとっては、大事なことなのかも知れない。

そして、そのこけしを、五本まとめて買った、広田順子の死は、どう関係しているのか？

それとも、たまたま、手元に、仙太郎こけしが、五本あったから、それを使って、犯人は、事件を殊更《ことさら》、ミステリアスにしているのだろうか？

この日開かれた捜査会議の雰囲気は、どうしても、重苦しいものになった。

十津川が、三上本部長に、報告する。

「東京で起きた殺人事件に続いて、今回、山口で、三十歳の女性が、殺されました。いずれも、鳴子こけしが、置かれており、こけしの底には、1、2と数字が、書いてありました。これは、明らかに犯人からのメッセージです。そう考えれば、二人の被害者の間には、何らかの共通点がなければ、おかしいのです。全く関係のない二人を、殺しておいて、犯人が、この二人を殺したのは、自分だというメッセージを、残していく、そんなバカなことは、ありません。そこで、東京で殺された、大河内敬一郎と、山口で、殺された矢次弥生について、二人の間に、どんな共通点があるのかを、全力で調べています。何項目かにわたって、二人の間の共通点を、調べているのですが、今までのところ、共通点らしきものは、全く、見つかっておりません。生まれ故郷、卒業した学校、仕事、宗教などの項目を、考えて調べているのですが、残念ながら、共通点は、何一つ、見つかっておりません。同一犯人であれば、二人の被害者に、何らかの、共通点があるはずなのです。ところが、それが、見つかりません。それが現在の状況です」

第三章　第三の殺人

1

金子大輔は、なぜか急に、落ち着かなくなった。三年前から、矢次弥生は、突然、金子にとって、手の届かない、遠く離れた存在になってしまった。

少なくとも、金子のほうは、そう感じていた。

ところが、彼女が死んだ途端に、彼女が、昔のような、身近な存在になったのである。

三年前の秋、突然、矢次弥生が、金子に向かって、宣言した。

「このままウダウダとしていたら、あなたも私も、どこにでもいる、ただのカメラマンで終わってしまうわよ。私は、それじゃあイヤなの。私でなければ、撮れないような写真を撮って、有名に、なりたいの。だから、その自信が、持てるようになるまで、私たち、付き合うのを、止《や》めましょうよ」

その日は真剣だった。いや、金子に向かって、まるで、哀願しているようにさえ見えた。

その時、金子には、矢次弥生の気持ちが、理解できなかった。付き合いを続けていても、お互いに、切磋《せっさ》琢磨《たくま》して頑張れば、二人とも一人前の、名前の売れたカメラマンになれるではないか？　金子は、そう、思っていたからだ。

それなのに、なぜ、矢次弥生は、付き合いを止めて、カメラマンの仕事に、力を入れたいといったのか？　金子には、それが分からなかったのである。

しかし、彼女はその後、同じ若手のカメラマン集団ＹＣＣに、所属はしていても、金子が月二回の、集まりに出席しているのに対して、矢次弥生は、ＹＣＣの会合にも、ほとんど、姿を見せなくなってしまったし、金子に、会いに来ることもなくなった。

そして、金子の耳に聞こえてきたのは、矢次弥生が、突然、大金を手に入れたのか、マンション最上階の角部屋を買い、さらに隣の部屋も買い取り、部屋を広くして、シャレた部屋に、リフォームしたという、話だった。

矢次弥生が、世田谷のマンションの一室を買ったものの、もう少し広くして、自分なりの設計で、改修したいといっていた、その言葉は、金子もよく覚えていた。

矢次弥生の撮る写真に人気が出て、急に売れ出した。あるいは、大きな仕事を、任されたという話は、金子の耳には、何も伝わっていなかった。

その代わりのように、妙なウワサが流れてきた。

いちばん、もっともらしいウワサは、矢次弥生が、金持ちのスポンサーを見つけたというウワサだった。そのスポンサーの彼女になったというのである。

スポンサーは、彼女が甘えるままに、金を出し、彼女の夢だったマンションの部屋を買い与え、さらに改修した、というウワサだった。

矢次弥生が、突然、金子に向かって、別れてカメラマンの仕事に、専念すると宣言した時、彼女は、まだ、二十七歳だった。

皮肉な見方をすれば、矢次弥生は、カメラマンとして有名になりたいといったが、それには、時間がかかるので、二十七歳という若さを、高く売ったのではないのか？

金子は、そんなふうにも、考えてみた。

だが、そのウワサが、流れてきても、彼女のスポンサーというのが、いったい誰なのかということになると名前が聞こえてこないのだ。

そして、矢次弥生が、突然、遠い山口で殺されてしまった。

金子が気になったのは、弥生が、ＳＬやまぐち号の、写真を撮りに行って殺されたということだった。

彼女について流されていたウワサは、矢次弥生が、金持ちのスポンサーを見つけて、そのスポンサーの彼女になったというものだったが、もし、彼女が、そうした形で殺されたのであれば、つまり、その男との関係が、こじれて、男に殺されたというのであれば、金子は、簡単に無視することができただろう。

しかし、そうではなかった。彼女は明らかに、カメラマンとしての仕事の途中で、殺されたのである。

そうなると、スポンサーの彼女になった、というウワサは、どうしても、否定しなければならなくなってしまう。

それでは、本当の矢次弥生は、三年間、いったい何をしていたのか？

金子は、そのことを、どうしても、知りたかった。それが分かれば、いったん自分から遠ざかった弥生が、死んだ後ではあるが、また、自分のそばに戻ってくるのではないか？　金子は、そんなことを、考えたのだ。

若手のカメラマンの集団ＹＣＣの事務局長は、矢次弥生は「日本の鉄道」という雑誌に頼まれて、ＳＬやまぐち号の写真を、撮るために、山口に行ったのではないかと、刑事にいったらしい。

しかし、金子は「日本の鉄道」という雑誌は知っていたが、その雑誌の次号予告を見ると、そこには、ＳＬやまぐち号のことは、何も、出ていなかった。

普通なら、ＳＬやまぐち号の人気の秘密を紹介するとか、あるいは、ＳＬやまぐち号の写真を撮ったとか、そんな、次号予告が載るはずだが、全く載っていなかったのである。

そこで、金子は「日本の鉄道」という雑誌を出している出版社を訪ね、雑誌の編集長に会って、死んだ矢次弥生のことを、聞いてみることにした。

編集長は、金子の質問に対して、あっさりと、

「ウチが、矢次弥生さんに、山口に行って、ＳＬやまぐち号の写真を撮るように、頼んだことは、ありませんよ。そもそも来月号の特集記事は、今度、建設が決まった北陸新幹線について取り上げるつもりで、ＳＬやまぐち号についての記事を、載せる予定はありませんからね。矢次さんが、頼まれていたのは、ほかの雑誌じゃありませんか？　先ほど来た、刑事さんにも、そういいましたけど」

たしかに、鉄道関係の雑誌は、「日本の鉄道」のほかにも、何誌かあった。それに、写真雑誌や一般の週刊誌、月刊誌が、臨時に、日本の鉄道を、特集することもある。そうした雑誌に電話で聞くのは、相手が誠実に答えてくれるかどうかわからないので、金子は一誌ずつ、回って聞いた。

その結果、どの雑誌もが、次号でSLやまぐち号の特集をやることは考えていないと話し、また、列車の写真を、矢次弥生に頼んだことはないという、返事しか戻ってこなかった。

こうなると、矢次弥生は、雑誌の依頼を受けたというわけではなくて、勝手に一人で、わざわざ、山口まで行き、SLやまぐち号の写真を、撮ったことになってくる。

どうして、そんなことをしたのか？

弥生の行動が、金子には、どうしても、理解できなかった。そこで、金子は、本当のことを知りたくなって、翌日、山口へ行ってみることにした。

2

事件を伝える新聞記事によれば、矢次弥生は、殺された当日に、山口に行ったのではなくて、前日に山口に着き、その日は、市内のビジネスホテルに泊まって、次の日に、カメラを持って、SLやまぐち号を追って、写真を撮っている最中に、何者かに、殺されてしまったのだという。

そこで、金子は、山口に着くとすぐ、矢次弥生が泊まったという、ホテルにチェックインした。新山口駅の近くにある、普通のビジネスホテルである。

金子は、フロントでまず、矢次弥生が、このホテルにチェックインしたことを確認した。

フロントで調べてもらうと、間違いなく、その日の、宿泊者カードに、矢次弥生が、署名していた。世田谷のマンションの住所と、矢次弥生という名前である。

「私が、お仕事で、いらっしゃったんですかとお聞きしたら、この女性は、宿泊者カードにサインしながら、仕事で、SLやまぐち号の写真を撮りに、山口に来た。明日、上りと下りの、両方で写真を撮るつもりだとおっしゃっていましたよ」

フロント係が、金子に、いった。

「彼女は、仕事で来たと、はっきりいったんですね？」

「そうですよ。業務用というのか、それとも、プロ用というのか、分かりませんが、大きな望遠レンズのついたカメラを、二台も持っていたから、間違いなく、仕事でこちらにいらっしゃったのだと思います」

「ほかに、この女性のことで、何か覚えていることはありませんか？」

金子は、フロント係に、きいた。

「ここにお着きになったのは、午後の八時を過ぎていました。長距離ドライブで、疲れたといって、ルームサービスで、ライスカレーを、注文されました」

と、フロント係が、いう。

金子は、その時、矢次弥生の部屋に、ライスカレーを、持っていったというルームサービスの女性を、呼んでもらって、そのことを確認することにした。

ルームサービスの女性が、いった。

「ええ、到着されるとすぐ、ライスカレーを注文されたので、夜の八時半頃に、お部屋にお持ちしました」

「その時、何か、この女性と、話をしましたか？」

金子は、きいてみた。

「いいえ、何も、お話ししていません。私がお部屋に行った時には、お客様は携帯電話で、盛んに、どなたかと、お話をされていらっしゃいましたよ。携帯でのお話に熱中されていらっしゃったので、私がライスカレーをお届けしても、携帯をかけながら、分かったというように、目で、合図をされていたんです」

「彼女が、どこへ電話をかけていたか、分かりますか？」

「警察の方にも同じことを聞かれたんですけど、電話の相手が、私に、分かるはずはありませんわ。明日は、朝からＳＬやまぐち号の写真を、撮りに行ってくる。明日一日かけて写真を撮り、明後日《あさって》には、車で東京に向かい、到着時間がみえたら、連絡する。そんな話をしていらっしゃいましたよ。ですから、この人はプロのカメラマンで、雑誌か何かに、頼まれて、ＳＬやまぐち号の写真を、撮りに来たんだなと思いました。そういう方が、お泊りになったことは、何回もありましたから」

と、ルームサービス係の女性が、金子に、いった。

「これは、とても、大事なことなので、もう一度、確かめたいのですが、あなたが、注文されたライスカレーを届けた時、部屋の主《あるじ》の、矢次弥生さんは、携帯電話で、誰かと盛んに、話をしていた。明日一日かけて、ＳＬやまぐち号の写真を、撮って、明後日には、東京に向かう。そして、到着時間が判ったら、連絡する。彼女は、そういっていたんですね？　間違いないですね？」

「ええ、そうですよ。だから、ああ、これはＳＬやまぐち号の写真を、どこかの、出版社に頼まれて、撮りに、来たんだなと、思ったんです」

金子は、またフロント係に、

「次の日、彼女は、ＳＬやまぐち号の写真を撮りに出発したんですね？　出発する時、彼女は、フロントで、何か、いっていませんでしたか？　どんなことでもいいのですが」

「大変張り切っていらっしゃいましたよ。今流行《はや》りの、ＳＬの写真だから、よほどうまく撮らないと、雑誌社のほうが、満足してくれないの。だから、大変だけど、頑張らなきゃねと、ニコニコ笑っていらっしゃいましたよ」

と、フロント係が、いった。

「これも、確認したいのですが、彼女は、よほどいい写真を、撮って帰らないと、雑誌社のほうが、満足してくれない。そういっていたんですね？」

「ええ、そうですよ。だから、私も、大変ですねといったんです」

「雑誌社が満足してくれない。この言葉、間違いありませんか？」

と、金子が、念を押した。

「ええ、お客様は、はっきりと、そうおっしゃっていましたよ」

しかし、東京で、金子が、調べたところでは、鉄道関係の雑誌、あるいは、一般の写真週刊誌で、ＳＬやまぐち号の写真を撮ってきてくれと、矢次弥生に頼んだ雑誌社は、一社も、なかったのである。

それなのに、矢次弥生は、東京からこの山口に、ＳＬやまぐち号の写真を、撮るためにやって来たのである。

車の中には、撮影機材一式が、入っていた。例えば、大きな三脚とか、中には、普通のスチールのカメラのほかに、ビデオカメラも入っていたと、地元の新聞記事には、書かれている。

矢次弥生は、かなり力を入れて、この山口にやって来たということになる。

それなのに、鉄道関係の専門誌を出しているどの出版社、あるいは、臨時に、鉄道の記事や写真を載せる写真週刊誌や一般の週刊誌、月刊誌など、どの雑誌社に聞いても、矢次弥生に、山口に行って、ＳＬやまぐち号の写真を撮ってきてほしいと、依頼した出版社は、皆無なのだ。

雑誌社が、ウソをついているとは、思えなかった。そんなことをする必要が、ないからである。

とすると、これは、どういうことになるのか？

一つだけ考えられるのは、誰かが、自分は鉄道関係の雑誌社の編集者だと、ウソをつき、矢次弥生に、ＳＬやまぐち号の写真を撮ってきてほしいという、ニセの注文をしたのではないかということだ。

今、世の中ではSLが人気になっていて、多くの鉄道関係の雑誌、あるいは、一般の週刊誌や月刊誌が、SLの写真や記事を特集している。だから、ウソの依頼なのに、矢次弥生は、それを、真に受けて、わざわざ、山口までやって来たことは、十分に考えられることである。もちろん、その相手は、犯人ということになる。

次に、金子は、矢次弥生が、車の中で殺されていたという、事件現場に行ってみることにした。

弥生の車が停まっていた道路から、山口線の線路までは、百メートルといったところだろう。

事件のあった日、SLやまぐち号の写真を撮ろうとして、何人もの、鉄道マニアが、ここにやって来ていた。彼等は、思い思いに車を停めて、サッサとカメラを持って、SLやまぐち号が、走ってくる線路の周辺に、カメラを構えて、待っていたと思われる。

矢次弥生も、もちろん、彼等と同じように行動するつもりだったろう。

だがその前に、矢次弥生は車の中で、何者かに、殺されてしまった。

金子は、タクシーを、その道路に待たせておいて、山口線の線路が見えるところまで歩いていった。

今日は平日なので、SLやまぐち号は、走っていない。だから、カメラを片手に、SLやまぐち号を待っている鉄道マニアの姿は、どこにも、見えなかった。

その代わりのように、金子が戻ってくると、待たせておいたタクシーのそばに、男が二人、立っていた。その向こうに、男たちが乗ってきたのか、レンタカーも見えた。

金子が、タクシーのところに、戻ろうとすると、二人の男が、それを、抑えつけるように手を広げて、

「金子さんですね？　東京の高井戸に住んでいるカメラマンの、金子大輔さんに、間違いありませんね？」

その時、金子に見えるように、警察手帳を広げていたから、刑事であることは、間違いなかった。

金子に、警察手帳を見せたのは、十津川という警部で、もう一人は、亀井という名前の刑事だった。

その亀井という刑事が、金子に、相談もせずに、勝手に、タクシーを帰らせると、

「金子さんに、いろいろと、お話を伺いたいので、申し訳ないが、私たちと一緒に、山口市内に戻っていただけませんか？」

と、いった。

その口調は丁寧だが、有無をいわせぬ態度でもあった。

結局、金子はレンタカーに、乗せられ、山口市内の、喫茶店の前で降ろされた。その店でコーヒーを、飲みながら、二日続けて、刑事二人と話をすることに、なってしまった。

運ばれてきたコーヒーを、口に運びながら、十津川が、

「私たちは、SLやまぐち号の写真を撮るために東京から、こちらに来ていた矢次弥生さんが、殺された事件について、あなたにお聞きしたいのですよ」

「しかし、矢次弥生が、殺されたのはこの山口県ですよ。昨日も、二人の刑事さんに聞かれましたが、東京の警視庁とは、何の関係もないのではありませんか？」

金子がいった。

「たしかに、あなたのいわれる通り、この事件だけなら、山口県警の事件ですが、実は、これより前に、東京で起きた、別の殺人事件が、ありましてね。どう考えても、その殺人事件と、今回、こちらのSLやまぐち号に絡《から》んで、殺された矢次弥生さんの事件とは、間違いなくつながっていると思えるのですよ。おそらく、犯人は、同一人でしょうね。それで、矢次弥生さんについて、あなたに、話をお聞きしたいと、思っ

ていたのです。そうしたら、あなたが、突然、ここまで来てしまったんですよ」

と、十津川が、いった。

「ひょっとして、お二人は、東京からずっと、僕のことを、尾行して来たんですか？」

金子が、きくと、二人の刑事は、小さく笑った。

「実は、その通りです。あなたに、お話を聞こうとしていたところ、突然、新幹線に乗って、こちらに来てしまった。それで、話をお聞きする前に仕方なく、同じ新幹線の『のぞみ』に乗って、こちらに、来てしまったというわけです」

「仕方がなく、ですか？」

「そうですよ。われわれとしては、東京で、あなたに、お話を、お聞きするつもりでしたから」

「その言葉ですが、僕には、少しばかり、信用できませんね」

「どうしてですか？」

「だって、東京で、話を聞きたければ、東京駅に着いた時に、僕を止めて、そこで、話を聞けばいいじゃないですか？　それなのに、一緒に『のぞみ』に乗って、山口まで、尾行してきたんでしょう？　仕方なくとは、とても、思えませんよ」

金子が、睨《にら》むような目で、二人の刑事を見た。

「まあ、そう、思われるのなら、そう思っていただいても、構いませんが」

「それで、刑事さんは、僕にいったい何を、聞きたいんです？」

「私たちは、あなたと矢次弥生さんのことを、いろいろと、調べてみました。三年前の秋まで、お二人は、大変仲がよかったというじゃありませんか？　ＹＣＣという、若手のカメラマン集団に所属している同僚のカメラマンたちに聞くと、あれは、恋人同士というしかない、そんな感じでしたと誰もが、いっていますね。それが、三年前から、突然二人の様子がおかしくなったそうですね？　金子さんのほうは、例のＹＣの会合に必ず出ているのに、矢次弥生さんは、ほとんど、顔を出さなくなってしまったとも教えられました。金子さん自身は、どうして、二人の関係が、おかしくなったのか、もちろんその理由を分かっていますよね？　とにかく、どんな事情だったのか、話して、もらえませんか？」

と、十津川が、きく。

「たしか、三年前の秋頃でしたか、突然、付き合いを止めたいと、彼女のほうから、いい出したんですよ」

「彼女は、その理由をいいましたか？」

「このまま、ズルズルと、付き合っていたら、カメラマンとして大きくなれない。平凡な普通のカメラマンのままで、終わってしまう。それがいやだから、付き合いを止めて、写真の勉強に、力を注ぎたい。彼女がそういったんですよ」

「その提案に、あなたも、同意したんですか？」

「あの時は、僕が反対する間もなく、彼女のほうから一方的に、いわれてしまいましてね。彼女の覚悟が、尋常ではないようなので、こちらとしては、別に、付き合いを止める理由はなかったんですが同意しました。そうしたら彼女のほうからは、会いに来なくなってしまいましたね。それが突然、この山口で、何者かに、殺されてしまったんです」

「いってみれば、あなたは、彼女に振られたわけですよね？　それなのに、どうして、殺された、矢次弥生さんのために、わざわざ、山口まで来て調べているんですか？　彼女が殺されたのは、どうもおかしいという気持ちですか？」

「これは、僕の勝手な想像なんですが、今になって、彼女が殺されてしまうと、その理由が、三年前の、僕に対する絶交宣言に、あったのではないか？　そんなふうに、思えたので、調べてみる気に、なったのですよ」

「何か分かりましたか？」

「彼女は、どこかの、雑誌社から頼まれて、東京から、山口に、ＳＬやまぐち号の写真を、撮りに来たといっていたらしいのですが、僕が調べた限りでは、鉄道関係の雑誌も、ＳＬの写真を載せたいという一般の雑誌も、彼女にその仕事を頼んだところは、一つも見当らないんですよ」

「なるほど」

「多分、彼女を殺した犯人が鉄道関係の雑誌社の、名前を使って、矢次弥生に、山口に行って、ＳＬやまぐち号の写真を撮ってきてほしいと、ウソの仕事を依頼したのではないかと、考えているんです。それで、そのウソをまともに受け取った彼女は、山口に来て、ＳＬやまぐち号の写真を、撮りまくったのです。犯人が彼女を、この山口に、おびき寄せたわけで、最初から、ここで、殺すつもりだったんですよ。僕は、そんなふうに、思っています」

「あなたの考えによれば、犯人が、どこかの雑誌社の名前を使い、仕事だと思わせて、矢次弥生さんを、山口におびき寄せて殺した。つまり、そういうことになるわけですね？」

十津川が、確認する。

「僕には、そうとしか、思えないのです」

「そうすると、犯人の動機は、いったい、何なんですかね？　なぜ、矢次弥生さんを、わざわざ、山口までおびき出し、ＳＬやまぐち号の撮影にかこつけて、殺してしまったんでしょうかね？　その動機が想像できますか？」

　亀井が、きく。

「いや、全く分かりません。何しろ、彼女には、殺されなければならない理由が、全くありませんから」

「それでもあなたは、何か、考えたんじゃありませんか？　だから、絶交宣言された矢次弥生さんのことを、一人で、調べ始めたんじゃないんですか？」

「そうですね」

　と、いって、金子は、しばらく、考えていたが、

「実は、こんなふうに、想像してみたんですよ。彼女は、僕と別れてから、ほかの男と付き合い始めた。その男との間が、何かでこじれて、男が、彼女を山口に誘い出して、殺したのではないか？　そんなふうに、最初は、考えました」

「最初はということは、今は、違うのですか？」

「彼女が殺されたと聞いて、僕も男ですから、ひょっとすると、彼女は、僕以外の男と、付き合っていて、それで、殺されたのではないかと思ってみたりもしましたよ。しかし、彼女が、僕以外の新しい男と付き合っていたという話は、全く、聞こえてこ

ないのです」

「それで、他のことを考えたんですか？」

「実は、僕と別れてから、なぜかは分かりませんが、急に、現在のマンションと隣の部屋を、買い取り、さらに両方の部屋を、大改造しているんです。かなりのお金がかかったはずです。しかし、矢次弥生に、そんな大金が、あったとは、僕には、どうしても考えられないのですよ。それに重ねて、いろいろなウワサが、流れてきました。金持ちのスポンサーがついたのではないか？　そのスポンサーが、金を出してくれたので、部屋を買い取り、大金をかけてリフォームも、したのではないか？　そんなウワサが、流れてきたんですが、たしかに、それならば、納得できると思いました」

「そのウワサについても、調べてみましたか？」

　十津川が、きく。

「調べましたが、警察だって、調べたんじゃありませんか？」

　金子が、逆に、きき返した。

　十津川の顔に、苦笑が浮かんだ。

「正直にいえば、私たちも調べましたよ。しかし、それらしい形跡は、何も、見つかりませんでしたね。最近の、矢次弥生さんについて、徹底的に、調べてみましたが、今、あなたがいわれたような、金持ちのスポンサーがついていた形跡は、どこにも、ありませんでした。彼女が突然、大金を使って、マンションを買い、家具や照明なども、高級品で揃《そろ》えたことは事実です。ただ、その金が、どこから出ているのかが、全く分からないのです。この点が、明らかになれば、事件の捜査が、一歩前進すると、思っているのですがね」

「その点は、僕も同じです。いろいろと、調べましたが、分かりませんでした」

「私たちは、こんなことも考えたのですよ。三年前、あなたと、矢次弥生さんとの関係は、相当深いところまで行っていた。しかし、何があったかは分かりませんが、あなたが、付き合いを止めようと、思った。ところが、彼女は、いうことを、聞かない。そこで、あなたは、一億円を超す大金を、彼女に払って、付き合いを、止めた。そんなことを考えたこともありましたよ」

「困りますね。そもそも、僕が一億円なんて、そんな大金を、持っているはずがないじゃありませんか？」

「それは、分かっています。しかし、あなたの両親が、大変な資産家ならば、一億円ぐらいは、出してくれるのではないか？　そんなふうにも考えましてね」

「僕の両親の、財産のことまで、警察は調べたんですか？」

「ええ、申し訳ありませんが、調べさせていただきました」

「それで、どうでしたか、大金持ちと分かりましたか？」

金子が、笑いながら、いった。

「あなたのお父さんは、普通のサラリーマンで、去年定年を迎えていますね。だから、一億円の大金を、あなたに援助することは、とても無理だと分かりました。そうだとなると、彼女がマンションを、買ったり、それを改装したりしたお金が、どこから、出ていたのかが、分かりません。その件で、あなたは、何か、つかんでいますか？」

十津川が、きく。

「僕も、一応調べてみましたよ。しかし、スポンサーがついたとかいう話は、単なるウワサでしかありませんでした」

「それでも、あなたは、この山口にやって来た。何かが見つかればと思って、あなたは、こちらに来たわけでしょう？　それで、何か見つけましたか？　もし、見つけたのなら、私たちに、話していただきたいのですがね」

と、十津川が、いった。

「ここに来て、僕が得た結論は、犯人は、彼女の顔見知りではないということです」

と金子は、いった。

「それ、逆なんじゃありませんか？」

「いや。犯人のことを、彼女は、顔も、どんな人間なのかも知らなかったとしか考えられないのです」

「なぜです？」

「彼女を殺した犯人は、鉄道関係の雑誌社とウソをついて、彼女に、ＳＬやまぐち号の写真を撮ってきてほしいと、依頼しました。彼女は、その相手の言葉を全く疑うことなしに、カメラや三脚などを、用意して、この山口に、やって来ました。犯人は、彼女のことを山口で待ち受けていて、彼女を殺したんです」

「あなたの想像が、当たっているとすると、矢次弥生さんは、そのウソの依頼を、真に受けて、この山口に、やって来たということになりますね？　矢次弥生さんは、簡単に、相手の言葉を、信じるほうでしたか？」

「そうですね、彼女は、人を疑うことを知らない素直な性格でしたから、わりあい信じてしまうほうでしたよ。それに、鉄道の写真を撮るのが好きでしたから、いつか、世界中の鉄道を写真に撮って本にしたいと、そんなことをいっていたくらいです。だから、何の疑いも持たずに、喜んで、この山口にやって来たと思います。もし、相手が顔見知りだったら、彼女は、すぐ、ウソだと気付いて、まともに、取り合わなかったと思うのです。彼女は、殺される時まで、相手を出版関係者と、信じていたと思います」

と、金子がいった時、十津川の携帯が鳴った。

3

電話は、東京の捜査本部からだった。

電話をかけてきたのは、本多《ほんだ》捜査一課長である。

「たった今、静岡県警から、連絡が入ってね。伊豆《いず》で、大手自動車メーカーの新入社員の一人が、バイク事故で亡《な》くなったんだが、他殺の疑いがあるので、今、調べているんだそうだ。どうやら、東京で起きた、殺人事件と、関係がありそうなので、お知らせしておく。そういうことだったよ」

と、本多が、いった。

「課長、東京の殺人事件と関係がありそうだと、いわれましたが、まさか、その事故で亡くなった、新入社員の死体の傍に、例のこけしがあったというんじゃないでしょうね？」

「それが、そのまさかなんだよ。ただ、被害者自身が、例のこけしを、持っていたというわけではないんだが、関係しているようなんだ」

「どういうことですか？」

「静岡県警の、話によれば、死んだのは原田健介という、二十三歳の青年だ。今もいったように、浜松の大きな自動車メーカーに、今年入社したばかりで、入った次の日に、前々から欲しいと思っていたバイクを手に入れた。彼の就職した自動車会社では、優秀なバイクも、作っているんだ。そのバイクに乗って、伊豆半島の、有名な東海岸のS字カーブを、かなりのスピードで走らせていた。その時、彼のバイクは、転倒した。スピードを出し過ぎて曲がり角で、曲がりきれずに、そのまま、近くにあった家の、コンクリートの塀に、激突して死亡した。ところが、調べていくと、S字カーブを、かなりのスピードで走っていた被害者に向かって、どこからか、赤いレーザー光線が、照射されていたという証言が、飛び出してきたんだ」

「赤いレーザー光線というのは、本当なんですか？」

「どうやら、本当らしい。目撃者が一人ではなく、二人いるからね。こうなると、間違いなく、殺人事件なんだ」

「それで、どこから、例の、鳴子のこけしが、出てきたんですか？」

十津川が、きいた。

「このバイク事故は、昨日起きたんだが、その現場の、コンクリートの塀のところに、今朝見たら、花束が一つ、置いてあったんだそうだ。誰かが、青年の死を悼《いた》んでおいていったのだろうと思ったら、花の中から、例の鳴子のこけしが顔を出していたというんだよ。それで今日、静岡県警から、こちらに電話があった」

「間違いなく、例の、こけしなんですか？」

「殺人事件に絡む、こけしの話は、あちこちの新聞やテレビ、雑誌が、取り上げているから静岡県警の刑事たちも、知っていたようなんだ。だから、同じこけしだと、すぐに、分かったらしいよ。こうなってくると、こけしといい、赤いレーザー光線といい、単なるバイクによる、死亡事故ではなくて、これは、三人目の被害者という可能性が、かなり、強くなってくると思うね」

と、本多が、いう。

「分かりました。私は、これから、亀井刑事と一緒に山口を、出発して、東京の捜査本部に、帰ろうと思っていたのですが、その途中で、静岡県警に寄って、詳しい話を聞いてみることにします」

と、十津川は、いった。

4

十津川と亀井は、その日のうちに、新幹線「のぞみ」に乗って、途中、名古屋で「こだま」に乗り換え、静岡に着くと、今度は、タクシーで静岡県警に、向かった。

すでに周囲は暗くなっていたが、静岡県警本部の中は、賑《にぎ》やかだった。

今度の殺人事件を担当することになった県警の井上警部から、十津川は、話を聞くことができた。

まず、井上が、事故の状況を、二人に説明してくれた。

「最初、われわれは、単なる、バイクの事故だと思っていました。何しろ、伊豆半島の海岸線を走る、135号線には、いたるところに、S字カーブがあるので、若い奴《やつ》がバイクでやってきて、そのS字カーブで、スピードを出して、走りを、楽しんでいるんですよ。その結果が、スピードの出し過ぎで、事故を起こす若いライダーが多いので、またかと、思いましたからね。ところが、どうやら、殺人事件ではないかという証言が出てきました。そして、今朝になったら、事故を起こした場所に、花束が一つ、置かれていましてね。事故現場に、花をたむけるという、それ自体はよくある話ですが、その花束を、見てみたら、十津川さんも、すでに、ご存じだと思いますが、その中から、こけしが顔をのぞかせていたんです。こうなってくると、東京と山口で、起きた、鳴子のこけし殺人事件の三番目の犠牲者ではないかということに、なりましてね。それで急いで、警視庁に、連絡したというわけです」

十津川は、問題のこけしを、見せてもらった。

それは間違いなく、過去の二件の、殺人事件の現場にあったものと同じ、鳴子のこけしだったし、こけしの底には、十津川が、想像していた通り、

「3」

の数字が、書いてあった。

「このこけしが、花束の中に、入っていたんですか？」

十津川が、井上に、確認した。

「最初のうちは、誰かが、事故で死んだ、原田健介という、若い青年の死を悼んで、事故現場に花束を置いていったのだろうと、われわれは、軽く考えていたんですが、雨が降ってきましてね。その花束が散ってしまっては、可哀《かわい》そうだと思って、私が、抱きかかえると、花束の真ん中に、こけしの顔がのぞいてるのに気がついたんです。慌《あわ》てて取り出して調べてみたら、例の鳴子の、こけしそっくりじゃありませんか？

その上、こけしの底を見てみると『3』というナンバーまで、書かれていました」

「このこけしには、誰かの指紋が、ついている可能性が、ありますが、その点は、調べましたか？」

「もちろん、ウチの鑑識が、丁寧に調べましたが、どうやら、犯人は、手袋をはめた手で、花束の中に入れたらしく、残念ながら、こけしや花束からは、指紋は、検出されませんでした」

「被害者は、大きな自動車会社の、新入社員だそうですね？」

「そうなんです。彼が乗っていたバイクは、浜松にある自動車工場で生産された七百五十ccの、大型バイクだったのです。被害者は、大型バイクを、乗り回していて、運転を誤って、こんな事故に、遭ったのではないか？　そんなふうに、考えている人もいるようですね」

と、井上が、いった。

井上警部は、十津川たちに、事故現場の写真も見せてくれた。

たしかに、東海岸135号線のS字カーブである。

バイクは、横倒しになっていて、そこから、二十メートルも離れた場所の、コンクリート製の塀のそばに、原田という男が、倒れている。ヘルメットは脱げて、凹《へこ》んでいた。

「司法解剖の結果を見ると、どうやら、即死だったようです」

と、井上警部が、いった。

「赤いレーザー光線が、被害者に向かって照射されていたと、聞きましたが、本当なんですか？」

改めて、十津川が、きいた。

「私は、事故現場の周辺を調べて回りました。すると、135号線のS字カーブの辺りに、別荘が、二軒建っていましてね。その二階から、別荘に遊びに来ていた、若い男が、アメリカ大リーグの実況放送を、見ていたのです。その時、バイクの音がうるさいので、窓を開けて、S字カーブのほうを見たら、バイクが、走ってくるのが見えたそうです。そうしたら、突然、バイクの男の顔に、赤いレーザー光線が、当てられているのを見たといっているんです。目撃者は、もう一人いましてね。もう一軒の別荘の方に受験生がいましてね。この受験生も、二階で、勉強していたんだそうですよ。疲れたので、窓を開けたら、ちょうど大型のバイクが、S字カーブを、走ってくるのが見えた。その時に、同じように、赤いレーザー光線が、その運転手の顔に、当てられているのを見たと、いっているんです。ですから、これは間違いなく、何者かが、S字カーブを走ってくる原田健介という新入社員の男の顔に、赤いレーザー光線を、当てたんですよ。そのため原田は、バイクの操作ができなくなって、反射的に急ブレーキをかけたんじゃありませんかね？　S字カーブで、急ブレーキをかけるのは、危険ですよ。運転手は、二十メートルも飛ばされて、コンクリートの塀に、頭をぶつけて即死です」

と、井上警部が、いった。

その話を聞いて、

（間違いなく、これは、三人目の犠牲者だ）

と、十津川は、自分に、いい聞かせた。

第四章　四人目の犠牲

1

五月二十五日の夜十時すぎ、日暮里《にっぽり》駅近くの区立病院に、救急車が、一人の患者を運んできた。患者は五十歳くらいの男性で、運んできた救急隊員によると、車に、はねられたらしいという。

医者が診察したところ、右足を、骨折していて、ほかには、左腕のひじなど、数ヶ所に擦過傷があったが、交通事故のケガとしては、それほど、重傷ではなく、もちろん命に別状はなかった。

病院側は、応急処置を済ませて、一週間の予定で、入院させることにした。

その日の深夜、一人の女性が、病院に駆けこんできた。交通事故の患者の、つれ合いだという。

患者の名前は、柴田康夫、五十一歳だと、その女性が、いった。

「失礼ですが、あなたは、柴田さんの奥さんですか？」

看護師長が、きくと、女性は、

「いいえ、違います」

と、いい、

「お友だちで、私の名前は中島小枝子《さえこ》といいます」

と、いったあと、

「それで、柴田さんのケガは、重いんでしょうか？　車に、はねられたらしいと、聞いたんですが」

「右足の骨折で、ほかには、体に数ヶ所、擦過傷が、ありますが、交通事故のケガとしては軽いほうですから、そうですね、一週間もすれば退院できると、診断した医師が、いっています」

と、師長が答えた。

それを聞いて、中島小枝子は、ホッとしたような顔になったが、その後の彼女の言葉が、医者や看護師長を、少しばかり、ビックリさせた。

「ここは、三人部屋ですけど、もし、個室が空いていたら、そちらに、移していただきたいんです」

と、中島小枝子が、いったのだ。

「それは構いませんが、個室ということになると、実費として、一日三万円をいただくことになりますし、保険が利《き》きませんが、よろしいですか？」

看護師長が、きいた。

「ええ、もちろん構いません。柴田さんという人は、ほかの人と一緒に、同じ部屋にいるのがダメな人なんです。一人でいないと、頭が、おかしくなる。いつも、そういっていますから」

と、小枝子が、いった。

そこで、医者と看護師長は、相談をして、睡眠薬で眠っている患者を、個室に、移すことにした。

それがすんだあと、医者は、看護師長に向かって、

「大丈夫かね？」

と、いった。

「何がですか？」

「入院費だよ」

中島小枝子と名乗った女性は、柴田康夫の国民健康保険の、保険証を持ってきたが、はたして、一日三万円の入院費をきちんと払えるかどうか、医者は、心配したのである。

師長は、医者の質問には答えず、

「私、あの、柴田康夫という患者さんのこと、知っていますよ」

「知っているって、あの患者は、君の知り合いなのか？」

「いいえ、個人的な、知り合いじゃありませんけど、たしか、柴田康夫さんという人は、昔、別の名前で歌を歌っていたような記憶があります」

「歌を歌っていた？　プロの歌手なのかね？」

「私の亡《な》くなった主人が、以前、あの人のファンだったような気がするんですけど、どうしても、名前が思い出せないでいるんです」

と、師長が、いった。

後で調べてみると、師長のいった言葉は、本当だった。

たしかに、柴田康夫という男は、以前、五十嵐博司という芸名で、歌を歌っていたことが、あったのである。今から、三十年ほど前になるが、一曲だけだが、ヒットした曲があって、当時は、テレビの、歌番組などにも、時々顔を出していた。

しかし、その後は、ヒット曲に、全く恵まれず消えていった。一応まだ現役の歌手ではあるものの、現在では、彼の名前を、知っている人間は、ほとんどいないということが分かった。

翌日から、柴田康夫を、若い女性看護師が担当することになったが、その看護師に向かって、柴田は、いきなり、

「この部屋は、カギが、かからないのかね？　カギがかからないと、不安で、仕方がないんだよ」

と、いった。

「どこの病院でも、病室のドアのカギは、内側からは、かからないようになっているんですよ。重症の患者さんがいて、その方が、部屋の中で亡くなっていたり、急に容態が悪くなったりした時、もし、部屋にカギがかかっていて、医師が、入れなかったら、大変なことになりますからね」

看護師が一生懸命に説明した。

それで、柴田は、何となく、納得したようだったが、今度は、

「たしか、ナースセンターは、この部屋の近くだったな？」

「ええ、この部屋から、ほんの五、六メートルの廊下の入口のところにあります」

「それなら、何かあって、私がここで、大声で叫んだら、すぐに助けに来てくれるのか？」

「大きな声を出さなくても、ベッドの頭のところに、赤いブザーが、あるでしょう？　それを押していただければ、ナースセンターに通じますから、すぐに、看護師が飛んできますよ。ですから、安心してください」

看護師は、微笑しながら答えた。

「私はね、こう見えても、実は、プロの歌手なんだよ」

柴田が秘密をあかすように小声でいった。

「ええ、それは、聞いています。三十年近く前に、歌手をやっていらっしゃったそうですね？」

「やっていらっしゃったんじゃないよ。今だって、現役の歌手だ。一昨年《おととし》、昨年と、CDを出している」

柴田は、怒ったように、急に大きな声を、出して、

「次の新曲が、また出るんだ。そうしたら、君にも贈呈しよう」

と、いった。

逆らってはいけないと、思って、看護師は、

「ありがとうございます。その時は、サインして下さい」

と、おだててから、ナースセンターに戻ると、同僚の看護師に、

「三〇一号室の柴田康夫さんって、何でも、五十嵐何とかという名前で、三十年くらい前には、プロの歌手だったんでしょう。ご本人は、今でも、現役の歌手で、近いうちに新曲のCDが出るといっているんだけど、あれは本当なのかしら？」

「おそらく、そう思いたいんじゃないかしら？　いってみれば、一つの願望ね」

と、いって、同僚が、笑った。

しかし、中島小枝子という女性が、次の日、見舞いに来た時には、柴田の言葉通り、新しい曲が入ったCDを、持参してきた。ただそこにあった名前は、五十嵐博司ではなく、新藤明となっていた。

そのCDを、患者の、柴田康夫自らが、松葉杖《まつばづえ》を、つきながら、治療をしてくれた医者や看護師長、そして、ナースセンターにいる看護師たちに、一人一人、配って歩

いた。

「今回、心機一転して、新人、新藤明として、デビューする、そんな気持ちで新しいCDを出したんですよ。レコード会社も力を入れてくれていて、一万二千枚作りましたから」

柴田が、嬉《うれ》しそうな顔であいさつした。

病室に、カギをかけたいという要求を、柴田はしなくなったのだが、CDを配った翌日、担当の若い看護師が、当直で病室を、巡回している途中、柴田康夫の病室を開けようとすると、ドアが、開かない。

看護師は、驚くよりも、心配になってきて、ドアを拳《こぶし》で、何度もドンドンと叩《たた》きながら、

「柴田さん」

と、大きな声で、呼んだ。

「看護師の、井上です。心配ですから、ドアを開けてください」

それでやっと、病室のドアが、開いたのだが、よく見ると、柴田康夫は、自分で勝手に、ドアに、カギを取り付けてしまっていたのである。

どうやら、見舞いに来る、中島小枝子という女性に、カギを買ってこさせて、それ

を自分で、取り付けたらしい。

その日、副院長が、柴田康夫を、わざわざ、病室に訪ねて、

「病室にカギがないというのは、たしかに、ご心配かも、しれませんが、これは、規則ですし、カギをかけてしまうと、もし、患者さんに、何かあった時に助けることができなくなってしまうのですよ。ですから、カギはかけないように、お願いします。入院している間は、病院の規則にしたがって、くださいね」

お説教のような、要請のような感じで、副院長が、いい、柴田が勝手に取り付けたドアのカギは、撤去された。

そして、柴田が入院して六日目、事件が起きた。

2

日付が替わった五月三十日。いつものように、午前二時頃に、看護師が、ナースセンターを出て、各病室を巡回した。

柴田康夫が入っている三〇一号室のドアを少し開けて、看護師が、

「お変わりありませんか？」

と、呼びかけた。

返事はないが、この時間なので、すでに、眠ってしまっているのだろう。そう思って、看護師は、ドアを、閉めようとしたが、その時、ベッドの上に、患者の柴田康夫の姿がないことに、気がついた。

もちろん、明かりは、消されているので、シルエットである。しかし、患者のシルエットが、見えないのである。

看護師は、もう一度、

「柴田さん、大丈夫ですか？　お変わりありませんか？」

さっきよりも、少し大きな声で呼びかけながら、懐中電灯を、ベッドに、向けた。

今度はベッドの上に毛布はあるが、患者の姿がないことが、はっきり、分かった。

看護師は慌《あわ》てて、ベッドの反対側に回って、懐中電灯で照らしてみた。

すると、床の上にパジャマ姿の柴田康夫が、うつ伏せに、倒れているのが見えた。

看護師は、顔色を変えて、

「柴田さん」

と、声をかけ、うつ伏せになっている体を二度三度と、揺すってみたが、反応は、全くなかった。

看護師は、急いでナースセンターに戻ると、当直の医師に、連絡した。

3

当直の医師が、三階まで、エレベーターで上がってきて、看護師と一緒に、三〇一号室に、飛び込んでいった。

医師は、床に倒れている柴田康夫の脈を、確認したり、心臓に、聴診器を当てたりしていたが、

「ダメだ。もう死んでいる」

と、短くいった後、

「のどに、ロープが、からまっているから、これは、どうやら、一一〇番したほうがいいようだな」

と、看護師に指示した。

病院からの知らせを受けて、警視庁捜査一課の十津川警部と、その部下の刑事たちがやって来たのは、上司の、三上刑事部長や、本多捜査一課長が、現在連続して起きている殺人事件の一つではないかと、見たからだった。

十津川としては、まず、問題のこけしを見つけなければならない。もし、それが見つからなければ、死んでいる男が、連続殺人事件の被害者だとは、いえなくなってくるからである。

刑事たちが、病室の中を調べたが、問題のこけしが、見つからない。

少しばかりあせりが見え始めた時、十津川が、

「部屋の隅の、テーブルの上の、花瓶を見ろ！」

と、大声を出した。

そこには、四本のバラを束にして活《い》けてあったのだが、バラの花は、なぜか黒だった。

亀井刑事が、それに気がついて、花瓶を手に取ると、逆さにした。

水は出てこなかった。最初から、入っていなかったのだ。

その代り四本のバラと一緒に、ゴムで止めたこけしが出てきた。今までと同じ、鳴子のこけしである。

十津川は、ベッドについている名札に、目をやった。

「柴田康夫、五十一歳」

と、あり、病名のところには、

「右足骨折、二の腕のほかに数ヶ所の擦過傷あり」

と、書いてあった。

深夜の遅い時間なので、医師は、当直の医師しかいないという。十津川は、たまたま当直に当たっていた、看護師長に、話を聞くことにした。

「柴田さんは、五月二十五日の、午後十時すぎに、救急車で、こちらに運ばれてきたんですよ。車にはねられて、右足を骨折し、上半身などに、擦過傷を負っていましたが、交通事故のケガとしては、それほど、重傷ではありませんでした。ですから、応急処置をして入院すれば、せいぜい一週間ぐらいで退院できるだろうと、先生は、おっしゃっていたんですけど」

と、師長が、いった。

「患者の様子に、何かおかしいところは、ありませんでしたか？」

十津川が、きいた。

師長は、ちょっと考えてから、

「おかしいといえば、こんなことが、ありました。最初は、三人部屋に、入っていたんですけど、知り合いの女性が、どうしても、個室がいいといわれて、この三階の個室に、移ったんです。最初は、どういうわけか、病室の内側から、カギがかからないので、不安で仕方がないといって、そのことを、やたらに気にされていましてね。そのうちに、知り合いの女性に、カギを持ってこさせて、勝手に、この病室のドアに、カギを取り付けてしまったんですよ」

「どうして、病室のドアに、カギをかけようとしたんでしょうか？」

「よく分かりませんが、たぶん、流行歌手を気取っていたんですよ」

と、師長が、いった。

「流行歌手、ですか？」

「この患者さんは、昔、五十嵐何とかという名前で、歌手を、やっていたんだそうですよ。今から、三十年くらいも前じゃなかったですかね。今は誰も、この人の名前なんか、覚えていませんけどね。本人は、今でも、流行歌手の一人だと、思い込んでいるみたいで、自分のような有名人が、入院したら、新聞や雑誌、テレビといったさまざまな、マスコミが押し寄せてくるかもしれない。そうなったら困ると、思って、部屋にカギを取り付けようとしたんだと、思いますけど」

師長が、少しばかり厳しい口調で、いった。

「さっき、テーブルの上を、見たら、新しいＣＤが五、六枚、置いてありましたが」

と、亀井がいった。

「ああ、あれは、柴田さんの、新曲のCDですよ。今もいったように、五十嵐何とかという歌手のことなんて、今は誰も、覚えていませんよ。それなのに、お見舞いに来た知り合いの女性が、新しいCDを持ってきて、患者さんが自分で、私たちに、配ったんです。それを見ると、五十嵐何とかという名前ではなくて、新藤明となっていたんですよ。それで、どうしてなのか聞いたら、今回、心機一転して、新しい芸名でCDを出した。新人のような気持ちで、もう一度頑張りたいと、そんなことを、おっしゃっていましたけど」

「CDを持ってきた女性は、柴田康夫さんの奥さんですか？」

「入院してすぐに、慌てて駆けつけてきたので、最初は、私たちも、奥さんかと思ったんですが、そうではないみたいで、名前も、中島小枝子さんと、おっしゃっていました」

「その女性が、どこに、住んでいるのか分かりますか？　携帯で、連絡が取れますか？」

十津川が、きいた。

「ええ、分かりますよ」

と、師長は、自分の手帳を取り出して、

「青山のマンションで、柴田さんの隣室に住んでいるみたいですね。携帯電話の番号も聞いています」

そういって、十津川に、その携帯電話の番号を、教えた。

亀井刑事がすぐその場で自分の携帯を取り出すと、その番号に、かけてみた。

しかし、呼び出しのベルは、鳴っているのだが、一向に、相手が出ない。深夜なので、寝ていて、気がつかないのだろうか。何度もかけてみたが、結果は、同じだった。

十津川はすぐ、西本と日下の二人の刑事を呼んで、

「すぐに青山に行って、このマンションに、中島小枝子という女性がいるかどうかを、確認してくれ。もし、いたら、柴田康夫が、病院の中で、殺された。そういって、こちらに、連れてこい」

と、命じた。

4

十津川は、二人の刑事を見送った後、四本の黒いバラと一緒に、入っていた、鳴子のこけしを、手に取った。

底の部分を見ると、案の定、

「4」

という数字が、書き込まれてあった。

（やっぱりか）

と、思いながら、十津川は、師長に目を向けて、

「これは、確認ですが、入院していた柴田康夫さんは、三人部屋から、この個室に入り、その後に、自分で勝手に、ドアに、カギを取り付けてしまった。間違いありませんか？」

「そうです。間違いありません。それで、こちらも、困ったんですよ。何があるか分かりませんから、病室のドアというのは、カギをかけないのが、決まりになっています。それを柴田さんに、納得してもらうのは、結構大変でしたよ」

「五月二十五日の夜、ここに、救急車で運ばれてきたわけですから、今日は六日目ということですか？」

「ええ、六日目です」

「これまでに、柴田康夫さんが、この病院に、入院していることを確かめるような、問い合わせの電話がありませんでしたか？」

「全くありませんでした。ナースセンターにも、そんな電話は、直接かかってきませんでしたし、この病院の受付、あるいは、私や担当の医師にも、問い合わせの電話のようなものは、全くありませんでした」

「しかし、犯人は、この病院に、柴田康夫さんが、入院していること、三階の個室に入っていることを、前もって、知っていたとしか思えません。知っていなければ、ここで、柴田康夫さんを、殺すことは、できなかったはずですからね」

十津川は、自分に、いい聞かせるように、いった後で、

「もう一度確認しますが、柴田康夫さんは、夜遅く、車にはねられて、救急車で運ばれてきた。これも、間違いありませんね？」

と、念を押した。

「ええ、間違いありません。救急車の隊員の方は、そうおっしゃって、いましたよ。何でも、人けのない道路で、お酒を飲んで、鼻歌でも歌っていたのか、この患者さんが、歩道から、フラフラと車道に出てきて、車に、はねられてしまったんだそうです。目撃していた男の人がいて、救急車を、呼んだので、すぐに、こちらに、運ばれてきたんです。はねた車は逃げたんですが、すぐ見つかって、運転していた七十歳の男が、逮捕されたことも、後になって聞きました」

と、師長が、いった。

5

十津川の指示で、パトカーで、青山に向かった二人の刑事は、問題のマンションに着くと、管理人に、未明の訪問を詫《わ》びた。

「このマンションに、中島小枝子という女性が、住んでいますよね？」

と、西本が、きく。

「ええ、住んでいらっしゃいますよ。五〇二号室です」

「柴田康夫さんという人も、このマンションに、住んでいたんじゃありませんか？」

「ええ、そうですよ。中島小枝子さんの部屋の隣の、五〇三号室です。柴田さんのほうは、何でも、西日暮里で車にはねられたとかで、現在、入院していますが」

と、管理人が、いった。

「中島小枝子さんは、今、部屋にいますか？」

と、日下が、きく。

「さあ、どうでしょう？　確認してみますか？」

管理人は、電話をかけてくれたが、

「返事が、ありませんね」

「それでは、管理人のあなたが、彼女の部屋の鍵を、開けてくれませんか？」

「開けるのは、構いませんが、令状はあるんですか？」

「令状は、持っていませんが、これは、殺人事件の、捜査なんですよ。その上、中島小枝子さんは、殺人事件の容疑者に、なっているんです。その捜査に、必要なことですから、部屋を開けていただかないと、困りますし、もし、協力していただけないと、あなたにも、ご迷惑が、かかることにもなりかねません」

西本が、脅かすように、いった。

管理人は、仕方がないといった様子で、一緒に五階まで上がり、五〇二号室のドアを、開けてくれた。

2DKの平凡な間取りの部屋だが、奇妙なというか、どこか、アンバランスな感じがする。

いかにも、安物と思われるベッドがあり、これも、安物のソファがあった。それなのに、押入れには、ブランド物のバッグが、たくさん入っていたり、玄関の靴が全《すべ》て、ブランド製品だったりする。

部屋の隅には、柴田康夫のCDが、箱に入れられて、積まれていた。

そこで、二人の刑事は、隣の柴田の部屋も、管理人に頼んで、開けてもらうことにした。

同じ2DKの間取りの部屋である。

しかし、部屋の調度品の様子は、中島小枝子の部屋とは、全く逆のように見えた。

部屋に置かれた応接セットや、あるいは、ベッド、それから、洋ダンスの中にあった背広は、全て高価なブランド製品だった。

管理人が、恐る恐るといった感じで、

「もしかすると、柴田康夫さんが、殺されたんですか？」

と、二人の刑事に、きいた。

「その通りです。われわれとしては、柴田康夫さんと、隣の部屋に、住んでいた中島小枝子さんとの関係が、知りたいんですよ。何でも、中島小枝子さんは、事故直後や、その後も、病院にお見舞いに来たりしているということでしたし、彼女の部屋には、柴田康夫さんのCDが、置いてありました。どうも、二人は、かなり親密だったと思われるんですが、いったい、どういう関係だったのか、それが知りたいのです」

と、日下が、いった。

「あの二人は、三年ほど前から、ここに住むようになったのですが、同じ時に、それぞれ部屋を買いました」

と、管理人が、いった。

「二人の、ここでの生活は、どんな様子でしたか？」

西本が、きいた。

「詳しいことは分かりませんけど、二人は、ここでは、別の名前を、使っていたんですよ」

「別の名前？」

「ええ、そうです。柴田さんは、青木さんでしたし、中島小枝子さんは、たしか、黒岩さんといって、小説なんかを、そのペンネームで書いたりしていたみたいですよ」

「どうして、偽名を使っていたんですかね？」

「さあ、どうしてですかね？　よく分かりません。ただ、柴田さんというのは、昔は、プロの歌手を、やっていたそうで、その頃は、芸名を使っていたので、その頃のクセが、いまだに、抜けなかったんじゃありませんか？」

と、管理人が、いった。

「二人は、いつも一緒に、行動していましたか？」

「とにかく、知り合いで、隣の部屋に住んでいたんですから、一緒に買い物に行ったりしていても、別に、おかしいとは、思いませんでしたよ」

その後、二人の刑事は、柴田康夫の部屋を、あちこち調べていたが、西本は、机の引き出しの奥から、二個のこけしを、見つけて、それを机の上に、並べた。

「柴田さんは、こけしが好きだったんですか？」

西本が、管理人に、きいた。

「さあ知りませんね。柴田さんが、こけしを好きだという話は、聞いたことがありませんが」

と、管理人は、いった後で、

「でも、そのこけしなら、柴田さんが、中島小枝子さんと一緒に、東北に旅行して、その時に、買ってきたもんだと思いますよ」

「どうして、二人が、東北に行って、こけしを買ってきたと、思うんですか？」

「最近のことなんですけど、旅行の話になった時に、東北に、行ったら、まだ寒くて、残雪が、たくさんあった。そんな話を柴田さんと中島さんが、していたからですよ。ですから、最近二人で、こけしを売っている東北に、旅行したんだと思いますね」

二人の刑事は、机の上に、置いてあったパソコンの電源を、入れてみた。すると、そこには、陸羽東線の、列車の写真や、鳴子にある日本こけし館とか、鳴子温泉神社の写真が保存されていた。

もう一つ、二人の刑事が、注目したのは、仙太郎こけしの、名前が出ていて、この名工が作ったというこけしの写真も、載っていたことだった。

6

西本はすぐ、十津川に、電話をかけ、こちらで分かったことを全て、報告した。

「中島小枝子ですが、マンションには、いませんでした。しばらく、私と、日下刑事で、このマンションに、張り込んでいようと、思っています。彼女が戻ってくるかもしれませんから」

「そうしてくれ」

と、十津川は、いった後で、

「私が興味を持ったのは、君の話で、柴田康夫が、中島小枝子と一緒に、鳴子に行って、鳴子のこけしを、買ってきたらしいことだ。それから、鳴子こけしの名工だといわれる仙太郎が作ったこけしに、興味を持っていたらしいようだが、二人が、鳴子に行ったのはいつ頃かは分かっているのか？」

「パソコンの写真から、日付は分かりませんでした。管理人も、はっきりとは覚えていないが、二週間くらい前のことだと、いっています。今回の連続殺人事件の、第一の犠牲者、あるいは、第二の犠牲者が出て、それが、新聞やテレビに大きく報道された直後に、二人で、鳴子に行ったのではないかと思います」

と、西本が、いった。

その日の夜、捜査会議が、開かれた。

十津川が、三上本部長に、これまでの捜査経過を、説明した。

「今回殺された柴田康夫、五十一歳が、連続殺人事件の、四人目の犠牲者であることは、まず間違いないと思われます。今回の殺人事件の前に、すでに、三人の人間が殺されています。一人目が、大河内敬一郎、二人目が、矢次弥生、三人目が、原田健介です。いずれも、現場には、問題の鳴子のこけしが置かれていました。ですから、犯人は、同一人だと考えていいと、思うのですが、問題は、三人の、関係です。犯人が同一人ならば、この三人の間には、何らかの共通点が、あるはずです。何の共通点もなければ、同じ犯人が、三人もの人間を、続けて、殺すはずがありませんから。ところが、いくら調べてみても、今のところ、この三人に、共通点が見つからないのです。

全くバラバラの関係のない、三人ではないかと、思ってしまいました。ここに来て、四人目が、現れました。柴田康夫です。一見すると、前の三人とは、何の関係もないように、見えますが、今回、私が、注目したのは、この柴田康夫が、鳴子に行き、向こうで、こけしの展示館とか、鳴子温泉神社などを廻っているという事実です」

「それは間違いないのか？」

「間違いないと思います。第一の被害者、大河内敬一郎か、あるいは、第二の被害者、矢次弥生が、殺された時点で、今回の柴田康夫は、鳴子に行って、いろいろと、調べているのです。この柴田康夫という男は、その前に、殺された三人、特に、大河内敬一郎か、矢次弥生のことを、知っていたんです。だからこそ、この二人が、あるいは、一人が、殺された時点で、鳴子に行ったに、違いありません。それで、私は、こう考えました。今でも、殺された三人の関係は分かりません。しかし、四人目の柴田康夫は、大河内敬一郎か、矢次弥生、ひょっとすれば、三人目の、原田健介のことまで、知っていたことになってきます。もちろん私たちは、今までに殺された四人について、どこに、共通点があるのか？　どうして、同一犯人によって、殺されたのか？　それを、調べていくつもりですが、その証拠が、見つからなくても、四人の男女の間に、何らかの共通点、あるいは、関係があることが、はっきりしたと、私は考えます」

「なるほど。中島小枝子という女は、君の考える、容疑者の中に入っているのかね？」

三上が、きく。

「一応、容疑者の一人では、ありますが、連続殺人事件の、犯人とは、思えません」

と、十津川が、いった。

「その理由は？」

「今回、第四の被害者として、柴田康夫という男が、殺されましたが、中島小枝子は、つねに、柴田康夫の、近くにいたと思われる女性です。被害者、柴田康夫のそばにいたからという理由で、普通なら、容疑者の一人ということになりますが、今までに殺された三人について、考えてみますと、この三人の近くにいた人たちは、いずれもアリバイがあったり、殺人の動機がなかったりして、容疑者の中には、入っておりません。それが今回の事件の構図なのです。そう考えると、この中島小枝子という女性が犯人とは、思えないのです」

「わかった。よし、先を続けてくれ」

「今回の殺人事件で、私が、特に、関心を持ったのは、被害者の、柴田康夫が、三十年近く前は、五十嵐博司という芸名の歌手だった。ヒット曲を一曲だけ、出したが、その後は、世間から、全く忘れられた存在になっていたということです。ところが、この一、二年で、続けて新曲を出しているんです。CDを出した音楽会社、昔風にいえば、レコード会社ですが、その会社に聞いてみました。すると、こういう返答でした。柴田康夫が、三十年近く前に、歌手だったことは、知っている。しかし、今、彼の名前で、新曲を出すことは、まず無理だ。新しい名前でも、商業的に、CDを出せるような歌手ではない。それが、出せたのは、いわば、自費出版のようなものです。柴田康夫と中島小枝子の二人が、ウチの会社に、やってきて、一万二千枚のCDを作りたい、制作や流通などにかかる、一切の費用を自分で負担する、という契約をしたのだというのです。それも三曲分です。今年のCDを、昔の名前ではなくて、新しい芸名にしたのは、柴田康夫本人の希望だったそうです」

「しかし、三枚のCDを出すのには、かなりの金額が、必要なんじゃないのかね？」

「その通りです。宣伝費などにもよるのでしょうが、一億円近く、かかったようです。しかし、柴田康夫や中島小枝子が、そんな大金を、持っていたとは、とても、思えません。誰かがスポンサーになって、そのお金を、出したんです。今までに、四人の人間が殺されていますが、その中で、資産家といえるのは、大河内敬一郎です。二人目に殺された矢次弥生は、無名のカメラマンで、そんなに収入があるとは、思えないのに、マンション二部屋を買い、それをリフォームするために一億円近いお金を、使ったといわれています。しかし、いくら調べても、そんなお金があったとは、思えません。原田健介も、大学を卒業したばかりの、新入社員ですが、高いバイクを何台も持っていました。そして、今度の、柴田康夫です。繰り返しますが、柴田康夫は、売れない忘れられた歌手で、中島小枝子も、大金を持っていたとは、思えません。つまり誰かが、三枚のCDを、制作するための費用を、出してくれたのです。こうなってくると、考えられるのは一人しかいません」

「最初に殺された、大河内敬一郎だな？」

「そうです。大河内敬一郎は、日本のグーグルといわれる会社を作った成功者と見られています。その個人資産は、数百億円ともいわれています。理由は分かりませんが、大河内敬一郎は、矢次弥生と、今回の、柴田康夫の二人に、大金を与えたのではないでしょうか？　原田健介も、バイクだけではなく、これから、もっと金の必要な、ベンチャービジネスかなにかを、始めようとしていたのでは、ないでしょうか？」

「つまり、それが、今回の、連続殺人事件の動機だと、君は、考えているのか？」

と、三上が、きく。

「私は、大河内敬一郎が、脅迫されていたのではないかと、考えるのです。矢次弥生と、今回の、柴田康夫、そして、原田健介、この三人に、理由は分かりませんが大河内敬一郎は、脅迫されていて、それぞれに、一億円を超える金額を支払ったと」

「つまり、大河内敬一郎という資産家が、矢次弥生、原田健介、そして、柴田康夫の三人に、何か弱みを握られていた。君は、そんなふうに、考えているわけだな？」

「そう考えないと、三人の、金の出所が、説明できなくなります」

「君のいう通りとすれば、殺された三人が、大河内敬一郎という、資産家の弱みを握っていて、強請《ゆす》っていた。そこまでは分かる。しかしだね、強請っていた三人も、強請られていた大河内敬一郎も、同じように、殺されてしまっているんだ。その点をどう考えるんだ？　説明が、つかないじゃないか？」

と、三上がいう。

「たしかに、本部長のおっしゃる通りです。そこで、今回の連続殺人事件について、もう一度、冷静に見直したいので、明日、鳴子に行ってきたいと思っています」

と、十津川が、いった。

7

五月三十一日、十津川は亀井と、再び鳴子に向かった。

盛岡行きの東北新幹線の中で、亀井が、いった。

「今回の、連続殺人事件ですが、大河内敬一郎が生きていて、ほかの三人が、殺されているのであれば、簡単に、事件の全貌《ぜんぼう》を、見通すことができますね。大河内敬一郎が、何か弱みを、握られていて、この三人から、脅迫されていた。それに、耐えかねて、大河内敬一郎が、金を使って人間を雇い、三人を、殺させた。たちどころに、こんなストーリーが、簡単に浮んできます。これは、逆でもいいんですよ。大河内敬一郎が、殺されて、三人が生きているとしても何とか説明がつきます」

「どう説明がつくんだ？」

「三人が、大河内敬一郎の弱みを握って、脅迫していた。大河内は、仕方なく、矢次弥生と、柴田康夫それに原田健介にかなりの額の金を渡していたが、脅迫が続くので、耐えかねた大河内敬一郎が開き直って、もうこれ以上、脅迫には、屈しない。全てを、警察に話すといった。そこで、三人が、寄ってたかって、大河内敬一郎を殺しその口を封じてしまった。これで説明がつきます。ところが、全員が殺されてしまっているんですから、どうにも、説明がつかなくなります」

「たしかに、カメさんのいう通りなんだ。しかし、この事件が、奇妙に見えれば見えるほど、私としては、その謎《なぞ》を解明したくなる。その謎が分かった途端に、今回の事件は、あっさりと、解決するような気がしているんだ」

と、十津川は、いった。

古川で新幹線を降り、乗り換えて、陸羽東線で、鳴子に向かう。

鳴子温泉の駅には、県警の安藤警部が、二人を迎えに、来てくれていた。

三人は、駅前の食堂で、軽い食事を取りながら、今後の打ち合わせをした。

「県警でも、今回の連続殺人事件を、どう解釈したらいいのか、全員が、頭を痛めています」

と、安藤は、いった。

そのあと安藤は食後のコーヒーを、飲みながら、

「犠牲者は、今度で四人ですか。彼らは、ひょっとすると、この鳴子に、来ていたのではないか？　そう思ったものですから、大河内敬一郎、矢次弥生、原田健介の写真を、何枚もプリントして、部下の刑事たちに、それを持たせて、鳴子の町中に聞き込みを、やらせたのですが、目撃情報は、全くありません。どうやら、彼等は、この鳴子の町には、来ていないようですね」

「いや四人目の柴田康夫は、中島小枝子と一緒に、間違いなく、この鳴子に、来ていますよ。ただどうして、鳴子に来たのかが分かりません。その理由を、何とかして、

知りたいんですよ。それで、安藤さんの、協力が必要なんです」

と、十津川が、いった。

その後、亀井が、用意してきた柴田康夫と中島小枝子の写真を、安藤警部に渡した。

「十津川さんは、この柴田康夫と、中島小枝子という二人が、犯人を、知っていると思われるんですか？」

安藤が、きく。

「おそらく、知らなかったのでは、ないでしょうか。だから、この鳴子にやって来たと私は、見ています。ただ、大河内敬一郎、矢次弥生、そして、原田健介の三人が、どうして、殺されたのか、柴田康夫には、分かっていたのではないかと、思うのです。つまり、自分と、三人との関係も分かっていた。私は、そう思っているのです。その繋《つな》がりが分かれば、犯人も、自然に見えてくると、私は、期待しているのです」

「これから鳴子の町を歩きましょうか？」

と、安藤が、いった。

安藤が持参した鳴子町の地図、それをテーブルの上に置いた。三人で一緒に調べていたのでは、どうしても、時間がかかりすぎる。そこで、鳴子の町を三分割しその三分の一を、一人が担当して柴田康夫と中島小枝子のことを聞いて回ることにした。

夕方の六時に鳴子温泉の駅で落ち合うことにして、三人は、バラバラに、出発した。

十津川は、鳴子町内にあるホテルと、旅館を主として当たることに決めて一軒ずつ、ゆっくりと回って、みることにした。

十津川は、柴田康夫と中島小枝子が、この鳴子に来たことは、間違いないと、確信していた。日帰りで来て帰ったとは思っていなかった。とすれば、鳴子のどこかの、ホテルか旅館に、二人は、泊まったはずである。

案の定、五軒目に、当たった旅館で、そこの女将《おかみ》が、柴田康夫と連れの女が、この旅館に泊まったことを、覚えていた。

宿泊者名簿から、二人が、その旅館に宿泊したのは、五月十八日だと分かった。この時にはすでに、大河内敬一郎と矢次弥生は、殺されている。

ただ、この日までに、明らかになっていたのは、大河内敬一郎の、事件のほうだけで、五月十八日の朝、矢次弥生の死体が見つかり、こけしが見つかったのは、その日の、午後になってからである。

柴田康夫と中島小枝子が、この鳴子に来た時には、まだ、問題のこけしは、大河内敬一郎が殺されたケースの場合しか見つかっていなかったことになる。

(それでも、柴田康夫と中島小枝子は、この鳴子に、来たのだ)

と、十津川は、思った。

こけしが、一つしか、見つかっていなくても、二人はこの鳴子に来たのだ。つまり、柴田康夫も中島小枝子も、大河内敬一郎に続き、二人目、三人目の被害者が出ることを予測していたのではないか。

それはつまり、自分たちと、大河内、矢次、原田の被害者三人とが、どんな関係にあるのかを、摑《つか》んでいたということだ。だからこそ、二人で、この鳴子に、わざわざ、やって来たに、違いなかった。

（しかし）

と、十津川は首をかしげた。

今までに、殺された大河内敬一郎、矢次弥生、原田健介の、三人について徹底的に調べたが、接点が見つからなかった。これまでの、捜査を見る限り、全く関係のない三人としか、思えないのだ。

それなのに四人目の被害者の柴田康夫と、中島小枝子は、大河内敬一郎が殺された時点で、三人の被害者と、自分たちとの関係を認識していたことになる。それは、いったい、どんな関係なのだろうか？

第五章　三年前八月二十五日、雨

1

中島小枝子は姿を隠したまま、その行方は、いぜんとして不明だが、彼女が、柴田康夫と二人で鳴子に行き、そこで、どんなことをしていたのかについては、少しずつ分かってきた。

二人は、旅行を楽しむために、鳴子に行ったのではなかった。そこで、二人が熱心に調べていたのは、やはり、仙太郎こけしのことだった。

特に、二人が鳴子で調べ回っていたのは、仙太郎が、昨年の十月で引退した時、最後の作品として作ったこけし十本の行方だった。そのうちの五本を、買い占めたのは、広田順子という女性で、そのことも、柴田康夫と中島小枝子の二人は、関係者から、聞いて、名前を、メモしていったという。

二人が、それ以外のことを、鳴子で調べ回った形跡はないから、問題のこけしのことを聞くために、鳴子に行ったと考えて、まず間違いないだろう。

「二人がというよりも、柴田康夫がというべきだろうが、なぜ、鳴子に行って、仙太郎こけしのことを、いろいろと調べたんだろうか？　カメさんは、どう思うね？」

十津川は、コーヒーを飲みながら、亀井刑事の意見を聞いた。

十津川が、飲んでいるのは、いつもの如《ごと》く亀井刑事が淹《い》れてくれた、インスタントコーヒーである。

「その時点では、まだ、大河内敬一郎一人しか殺されていなくて、現場に問題のこけしがあったわけですね？」

「マスコミは、問題のこけしが鳴子のこけしで、その作者が、仙太郎という有名な工人であることを、すでに、報道していたんだ」

十津川は、いってから、

「しかしこけしのことに詳しい人間でなければ、仙太郎というこけし工人が、どんな人間なのかも、知らないだろう。それなのに、柴田康夫は、中島小枝子と二人で、鳴子に行って、引退した仙太郎のことを、調べているんだ」

「例えば、柴田康夫か、中島小枝子のどちらかが、こけしの、愛好家で、こけしに、詳しかったということはありませんか？」

「私も、最初は、そう考えた。それで、その点を調べてみたんだが、柴田康夫が、こけしの愛好家だったという話は、全く、聞こえてこなかった。その点は、中島小枝子も同じだ。こけしは好きだろうが、だからといって、こけしに詳しいとか、収集家という話は、聞こえてこなかった」

「そうですか」

「私は、もしかすると、柴田康夫は、知っていたんじゃないかと、思っているんだ」

と、十津川が、いった。

「犯人を、ですか？」

「いや、そうじゃない。犯人を知っていたんなら、殺される前に、警察に知らせているはずだ」

「それじゃあ、いったい何を、知っていたんですか？」

「大河内敬一郎のことだよ」

「それは、知っていると、思いますよ。何しろ、大河内敬一郎は、ＩＴ業界では、成功者の一人で、大変な、資産家ですからね。それに、新聞やテレビでも、ちょくちょく紹介されていますから、柴田康夫が、大河内敬一郎の名前を、知っていたとしてもおかしくは、ありませんよ」

と、亀井が、いう。

「いや、カメさん、私がいっているのは、そういう意味じゃ、ないんだ。柴田康夫は、おそらく、どの時点でか、大河内敬一郎と自分が関係があることを知っていたという意味だよ」

「しかし、警部、われわれが、いくら調べても、大河内敬一郎と、柴田康夫との間には、何の接点も、見つからなかったじゃありませんか？」

「たしかにその通りだが、二人の間には、どこかに、必ず接点があるんだよ。この二人だけじゃない。今までに殺された四人全員にだ。殺されたのは、大河内敬一郎、矢次弥生、原田健介、そして、柴田康夫の四人だ。この四人について調べたが、彼等の間には、何の接点もなかった。しかし、どこかに、接点があるはずなんだ。四人はお互いのことを知っている。だから、柴田康夫は、中島小枝子を連れて、鳴子に行ったんだ」

「しかし」

亀井がいぜんとして、首をかしげて、

「しかしですね、いくら調べても、この四人には、何の接点も、見つからなかったんですよ。おそらく、何の関係もないんじゃありませんか？」

「だから、私も、容疑者を想像できなくて苦しんでいる。しかし、殺されたこの四人の人間に、接点が何もないのに、同じ犯人が、立て続けに、四人もの人間を殺すはずがない。殺しの現場に、同じ仙太郎こけしを、こけしの底に、番号を書いて置いていくはずがないじゃないか？　だから、どこかに、必ず接点があるんだ。私は、そう考えている」

「私も、警部と同じことを、考えました。しかし、いくら調べても、この四人に、接点がないんですよ。そうなると、この仮説は、どこまで行っても、仮説のままで、どうしても成立しません」

「おそらく、一般的な意味での接点は、何も、ないんだよ。例えば、同じ大学の先輩後輩だとか、昔、同じ村に、住んでいたことがあるとか、同じ病院の患者同士だったとか、つまり、そういう普通の意味での接点は、この四人にはない。だから、見つからないんだ」

「普通の意味での接点ではないというと、どんな接点が考えられますか？」

「だから、特別な接点だよ」

「特別な接点ですか？」

「つまり、一瞬の出会いというか、ほんのわずかな接点じゃないかな？」

「よくわかりませんが」

「例えば、そうだな。たまたま同じ列車に乗っていたとか、あるいは、天竜下りの舟の中で、その時だけ一緒に、乗り合わせたとか、そういう接点だよ。それまでは、同じ列車に乗ったこともなければ、天竜下りの舟にも、一緒に、乗ったことはない。その一時だけだ。それならば、私たちが、いくら調べても、分からない。見つからなくても、不思議はないよ」

「たしかに、そういう一時の接点があるかもしれませんが、そんな一瞬の、いわば、偶然ともいえるような出会いの中で、連続殺人が、起こるような、そんな恐ろしい動機が、生れるものでしょうか？」

「たしかに、可能性としては、低いかもしれないが、全く、考えられないことじゃないんだ。例えば、今いった天竜下りの舟が、ある。この舟に、観光客が何人か乗っていて、その中の一人が、誤って川に、落ちて、死んでしまったとする。ところが、他の乗客は、誰一人として、助けようとしなかった。川に落ちて死んだ人間には、家族がいた。その家族が、助けなかった乗客を憎んで、一人一人、順番に、殺していく。そういうことも考えられるんじゃないのかね？」

「たしかに、そういうケースなら、ほかにも、考えられますね」

と、亀井もいう。

「例えば、地方の小さな駅に、何人かの乗客が、列車を待っていた。列車が近づいた時、その中の一人が、ホームから、線路に落ちてしまった。ところが、ほかの乗客たちは、誰も助けようとしなかった。そこへ、列車が入ってきて、線路に落ちた人間は、轢《ひ》かれて、死んでしまった。こういうケースだって、あり得ますよ」

「そうなんだよ。今、カメさんがいったようなケースも、天竜下りの舟の、ケースも、出会いということでいえば、その時だけだ。だから、一般的な接点を、いくら探しても見つからない」

「それでは最近のそうしたケースについて、調べてみようじゃ、ありませんか？」

「もちろん、調べるが、最近起きたものとは思えないね」

「どうしてですか？」

「最近のケースなら、誰かが覚えているだろうから、聞き込みなんかで、そうしたケースの話が、聞こえてくるだろうと思うね。それが聞こえてこないのはおそらくかなり前に起きたからじゃないかね」

十津川が、いった。

2

捜査本部の刑事たちは、十津川が、考えたようなケースについて、調べ始めた。

調べるのは、それほど、難しくはなかった。国会図書館に行き、収蔵されている新聞記事を丹念に、調べていけば、そこに、報道されているだろうからである。

最近のケースではない。かなり、昔のことだろうと考えて、刑事たちはまず、今から、十年前まで遡《さかのぼ》って、調べていった。

十津川が、考えたようなケースは、十年の間に、何件か、起きていた。

例えば、舟下りの事故がある。十年間に三件起きていて、いずれも、舟が転覆して、乗っていた乗客が全員、川に、放り出されている。そのうちの何人かが、死亡し、その川下りを運営していた会社が、責任を取り、かなりの高額な賠償金を、支払っていた。

駅のホームから、線路に落ちて死亡するという事故は、意外と多発していた。

ただ、地方の小さな駅では、そうした事故が殆《ほとん》ど起きていなくて、起きているのは、大部分が、大都市の大きな駅である。

乗客が、ホームから落ちたケースは、十年間で十二件も発生していた。

そのうちの三件は、入ってきた電車にはねられて、死亡していたが、ほかの九件は、とっさに電車とホームの隙間《すきま》に、逃げて、助かっている。

犠牲者が出た三件の事故についても、いずれも、落ちた乗客自身の、不注意ということで事件にはなっていなかったし、その後、この死亡者に絡《から》んで、事件が起きたという報道は、全くなかった。

いくら調べても、十津川が、期待するようなケースには、ぶつからないのである。

その一方で、十津川は、金銭の流れについても、捜査を進めていた。

今回の一連の殺人事件の被害者は四人。そのうちの三人は、二、三年前から、大金を使っている。それだけの現金を用立てられるのは、第一の被害者、大河内敬一郎しかいない。

そこで、十津川は、大河内敬一郎の、資産状況を、調べたのだが、それらしい証拠は、なかなか見つからなかった。なにしろ、大河内敬一郎の個人資産は、銀行預金だけで、八百億円も、あるからである。

その中から、二、三億円引き下ろされていても、それが、ほかの被害者たちに、渡されたものかどうかが分からないのである。

大河内は、資産家らしく、収集家でもある。例えば、突然、二十億円を、引き下ろしていたので、調べてみると、名画を購入していたりするのである。

それがやっと、これはというものを、見つけた。三年前の、九月一日の日付になっていた。

この日大河内の個人口座から、十億円が引き下ろされていた。そのうちの、六億円は、何に使ったのか分かったのだが、残りの四億円が、使い道が不明なのである。

使途不明の、四億円のうちの三億円は、殺された三人に、一億円ずつ渡したのではないか？　そして、残りの一億円は、もう一人、狙《ねら》われている人間がいて、その人間に、渡したのではないか？　十津川は、そう考えたのである。

「まだ、今のところ、推測でしかありません」

と、十津川は、三上本部長に、いった。

「しかし、私の、この推測が当たっていれば、今回の連続殺人事件の、元になった、何らかの事件が、三年前の九月一日以前に起きているのではないかと、推測されます」

「それで、三年前に、何か見つかったのか？」

三上がきく。

「三年前の一月から八月末までを丹念に調べてみました。連続殺人事件が起きる、きっかけになるような、事件が、どこかで、起きているのではないか？　そう思って、調べてみましたが、残念ながらそれらしい事件の報道は、見つかりませんでした」

「じゃあ、君の想像は、当たっていないことに、なるんじゃないのか？」

三上が、意地悪く、いう。

「そうかもしれません。が、そうでないかもしれません」

「歯切れが悪いな」

「それでも、何かある筈《はず》だと思います」

「どんなことだね？」

「今までに、四人の人間が殺されその現場には、鳴子のこけし、それも、仙太郎という有名な工人が、作ったこけしが残されていました。犯人の手元にはあと一本残っていると、思われますから、もう一人、犯人が、殺そうと狙っている人間がいるとみていいと思います。その人間が見つかれば、今回の事件は、一挙に解決すると、考えています」

十津川が、いうと、三上は、皮肉な表情になって、

「狙われている人間は、五人なんだろう？　そして、今までに、四人も殺されている。なぜ防げなかったのかと、新聞に書かれるぞ」

「ですから、何としてでも、五人目の殺しは防ぎたいのです」

と、十津川が、いった。

3

しかし、五つ目の殺人は、なぜか一向に、起きなかった。

「三上本部長は、犯人が、どうして、一人ずつ殺していくのか、それが分からん。いっぺんに、殺せばいいじゃないかと、首を傾《かし》げていたよ」

と、十津川が、いった。

「それで、警部は、どう、答えられたんですか？」

亀井が、きく。

「被害者たちの接点は、ほんの、一瞬のことでしかない。そのあとバラバラに分かれてしまえば、関係は、分からない。だから、犯人が一人一人の、居場所を探すのに、時間がかかっているんだと思いますと、部長には、説明したよ」

「五人目の、ターゲットは、今、犯人が、必死になって、探している。そういうことになりますね？」

「そういうことだ。だから、われわれの方が早く見つければ、助けられる」

と、十津川はいう。

「三年前の九月一日に、大河内敬一郎は、自分の個人の口座から、十億円を下ろしている。そのうちの六億円は、使い道が分かっている。残りの、四億円の使途が不明なんだ。私は、殺されたほかの三人に、それぞれ、一億円ずつを払いどこかにいる四人目のターゲットに、残りの一億円を、払ったに違いないと、考えているんだよ」

「私には、その辺のところが、よく分からないんですよ」

と、西本刑事は、言葉を続けて、

「三年前の九月一日に、十億円を引き下ろしたとすれば、問題の事件が起きたのは、それより少し前の、八月の末頃でしょう。その頃、資産家の大河内敬一郎が、何か、事件を起こしたが、事件の目撃者が四人もいた。この四人が、証言すれば、大河内は、刑務所送りになる。そこで、大河内は、目撃者の四人を、買収したんです。一人一億円を、払ってです。つまり、口封じをした。私には、こんなケースしか考えられないのです。ところが、金を払った大河内が、まず、最初に殺され、証人の四人が、すでに、三人まで殺されてしまいました。この結果が、どうにも納得できないのです」

「もしかしたら、ほかにも、目撃者が、いたんじゃないのか？」

と、日下刑事が続けて、

「その目撃者には、大河内が、金を払わなかったんじゃないか。それで、怒ったその目撃者が、まず最初に、金を払わない大河内を殺してしまった。そういうことじゃないですか？」

「いや、それはない」

と、十津川がいう。

「どうしてですか？」

「大河内敬一郎は、莫大《ばくだい》な個人資産を持っているんだ。しかも自分の口座に、八百億円を、持っているんだ。さらに強請《ゆす》られ、一人二億円、全部で目撃者が十人いたとしても、合計二十億円ぐらい簡単に払える筈だ」

「ほかに、どんな形の事件が、考えられますか？」

と、三田村刑事が、いった。

「悔しいが、それが、分からないんだ。三年前に、何か事件が起きていて、四億円もの金が払われ、更に今までに、四人の人間が殺された。三年前の一月から八月末までに、それに見合った、どんな事件があったのかを、調べてみたんだよ。しかし、何度調べ返してもこれはと思う事件は、見つからなかった」

「大河内敬一郎の名前は、全く、出てこないんですね？」

北条早苗刑事が、きく。

「ああ、出てこない。大河内敬一郎だけじゃなくて、矢次弥生、原田健介、柴田康夫、この三人の名前も、新聞記事の中に探したが、見つからなかった。今回の殺人事件の犠牲者は、誰一人、その期間の新聞には載っていないんだ」

「つまり――」

と、早苗がいう。

「何か、事件を起こした大河内敬一郎が大金を払って、目撃者を、黙らせたとすると、一時的にはその効果があったということになりますね？」

「そういうことだ」

「ひょっとすると、三年前の、事件ですが、最近になって、口封じの効果が、なくなったんじゃありませんか？」

と亀井が、何かいいかけるのを、十津川は、押さえて、

「カメさんのいいたいことは、分かるよ。三年前に、大河内敬一郎は、四億円という大金を払って何かの目撃者を黙らせることに成功した。ところが、ここに来て、目撃者たちは、また、金が欲しくなり、大河内敬一郎をもう一度強請《ゆす》った。しかし、大河内敬一郎が、それ以上の金を、払うことを、拒否した。そこでまず、大河内が、殺された。ここまでは納得だろう？」

「その通りです」

「しかし、そうなると、その後が、分からなくなってくる。金のなる木が死んだのに、四人のうち三人までが、なぜ、殺されてしまったのか。しかも、犯人は、殺人現場に、鳴子の有名なこけしを、一体ずつ置いていっている。これは、いったい、何のためなのか？　犯人は、今、行方の分からない、四人目の目撃者ということに、なるんだろうか？　それなら、どうして、四人目の目撃者が、同じ、目撃者三人を、殺さなくてはならないんだ？」

「たしかに、そうですね」

と、亀井が、うなずいてから、

「たしかに、今回の事件は、分からないことが、多すぎます」

4

一週間が過ぎた。

しかし、依然として、事件の全貌《ぜんぼう》が、見えてこない。五人目の犠牲者が、出るのではないかという予想は、立つのだが、その犠牲者が何者なのか分からないので、助けたくても、助けようがないのである。

その翌日の夜である。

捜査本部に電話が入った。電話に出た西本刑事が、

「警部、女性からお電話です」

十津川が、受話器を取って、赤く点滅しているボタンを押す。

「十津川さんですか？」

妙にかすれた声で、相手がいった。

十津川には、ピンとくるものがあった。

「中島小枝子さんですね？　今、何処《どこ》にいらっしゃるんですか？」

「いえません」

「居所をいって下されば、すぐに、保護しますよ」

「怖いから、いえません。全《すべ》てが済んだら、出頭します」

と、小枝子が、いう。

「あなたは、犯人から、狙われていないはずですから、出てきても、大丈夫ではないかと思いますが」

と、十津川が、いったが、自信はない。

柴田康夫を殺した犯人は、中島小枝子が、柴田と一緒に、動いていたことを、知っているだろうから、殺す可能性もあるのだ。

「あなたは、何かいいたいことがあって、電話してきたんじゃありませんか？」

「五人目の人が、いるんです。柴田は、そういっていました」

「そうです。五人目が、いるんです。その五人目を、見つけることができれば、今回の事件は、解決するはずなんですよ。五人目のことで柴田さんは、何かいっていませんでしたか？」

「四十歳くらいの、一人旅の、好きな人。小柄な男性」

「それが、五人目の人間ですか？」

「柴田が、そういっていました」

「その人の名前や住所は、分からないんですか？」

「分からないと、いっていました。四十歳ぐらいで、小柄で、一人旅の好きな男の人だ。柴田は、それだけいっていたんです」

「その人に、連絡するには、どうしたらいいか分かりませんか？」

「分かりません。柴田も、連絡のしようがないと、いっていましたから」

と、小枝子は、いい、その後で、

「電話、もう切ります。怖いから」

通話が途切れてしまった。

十津川は、急いで、今、中島小枝子に聞いたことを、メモ用紙に書きつけた。

〈四十歳くらい。小柄な男。一人旅が好き〉

十津川は、そのメモを、黒板に張りつけた。

「これが、五人目の人間だ」

「名前とか住所とかは、分からないんですか？」

西本が、きく。

「中島小枝子の話を信用すれば、殺された柴田康夫が、中島小枝子に向かって、これが、五人目だといったそうだ」

「名前も住所も、顔も何も分からないんじゃ、助けたくても、助けようがありませんね」

日下刑事が、怒ったような口調で、十津川に、いった。

「この男は、自分が、狙われていることを、知っているんでしょうか?」

西本が、きく。

「もちろん知っているだろう。今までに、四人も続けて、殺されているんだからね。次は自分だと、おびえているはずだ」

十津川が、いう。

「しかし、どうして、名前も住所も、電話番号も、分からないんですかね?　殺された四人は、全部、分かっているのに」

三田村刑事が首をかしげる。

十津川は、苦笑した。

「それは、ほかの四人が、死んでいるからだよ。死ねば、新聞に載るし、家族が、名乗り出てくる。だから、分かるんだ。この旅行好きだという、四十歳の男は、まだ、死んでいない。新聞にも載っていない。だから、名前も住所も、分からないんだ。犯人も、必死になって、この人間の名前や、住所を知ろうとしているだろう。それが、分かった時こそ、危ないんだ」

「しかし、旅行が、好きな、小柄な四十歳の男というだけでは、見つけようが、ありませんよ。どうしたら、いいんでしょう？」

北条早苗刑事が、きく。

「そうだな、この際、思い切って、新聞に載せるか」

十津川は、そのことを三上本部長に相談することにした。

「相手の名前も住所も、連絡先も分からないので、助けようが、ありません。どうしたらいいか、部長のお考えを話して下さい」

「話は分かったが、君自身は、どうしたいと思っているんだ？」

「このままの、状態で、新聞に載せようかと思っています。心当りのある人はすぐに警察に連絡するように呼びかけます」

「それで、君は、相手が、連絡してくると思うかね？」

「それは分かりませんが、このままでは、犯人が、この男を殺すのを、待っているようなものですから、やってみるだけの、価値はあると思います」

十津川がいい、結局、三上本部長がＯＫを出し、すぐ新聞記者に集まってもらった。

記者会見は、本多一課長が行ない、記者たちに、要望書を出すことにした。

「目下いちばんの問題は、連続殺人事件を、何とかして、一日も早く、解決しなければいけないことです。今回の事件では、すでに四人の男女が、殺されています。これは、推測ですが、犯人は、もう一人殺すべき人間がいると考えられるのです。この五人目のターゲットですが、今のところ、分かっているのは、年齢は、四十歳くらい、小柄な男性で、旅行好き。これしか、分かりません。これだけなのです。そこで、記者の皆さんに、お願いです。曖昧《あいまい》で申し訳ないのですが、ぜひ、皆さん方の新聞の紙面に、書いていただきたいのです。あなたは、犯人に命を狙われている。すぐ、警察に電話をしなさい。電話があり次第、警察は、あなたを、保護し、連続殺人事件の犯人を、逮捕します。こう、呼びかけてほしいのです」

5

本多捜査一課長は、繰り返すように、

「この通りのことを、紙面に、載せていただきたいのです」

と、記者たちに、要請した。

翌日の朝刊各紙の、一面には載らなかったが、社会面に、掲載された。

〈あなたは、犯人に狙われている。警察にすぐ連絡を〉

こんな見出しに、続けて、

〈あなたのことは、四十歳前後、小柄な男性、旅行好きとしか、分かりませんが、犯人は間違いなくあなたを、狙っています。今からすぐ、警察に、連絡をお願いします〉

この呼びかけで、はたして、本人が、警察に連絡してくるかは、正直なところ、十津川には、自信がなかった。

すでに、四人もの人間が殺されているのである。この四十歳の男が、警察に、連絡をするつもりなら大河内敬一郎が殺された時点で、連絡してくると、思ったからである。

もし、この男が、刑事事件を起こしていて、それで、警察に、連絡することもできずに、逃げ回っているのだとすれば、これからも、同じように、逃げ回るだろうと思われるからだった。

ただ、この新聞発表は、犯人に対してもある程度の、圧力にもなるのではないか？

そうした期待もあった。

捜査本部で、問題の、新聞記事を壁に貼《は》りつけると緊張した空気が流れた。

「この新聞記事、もちろん、犯人も、見たでしょうね」

三田村が、いう。

「当然、読んでいるだろう。この五人目の男も、そう考えて、警察に連絡してくればいいんだがね」

十津川が、いった。

「すぐ警察に、電話をしようと思うか、それとも、今まで通り逃げ回るか、そのどちらかでしょう」

と、亀井が、いった。

昼過ぎに、捜査本部の電話が鳴った。

十津川が、受話器を取る。

男の声が、いきなりいった。

「三年前、八月二十五日、雨」

「君は、五人目の男なんだな？」

「三年前、八月二十五日、雨」

男が、同じ言葉を繰り返す。

「君の名前を、知りたい。連絡先が分かれば、すぐ助けに行く」

十津川が、呼びかけた途端電話は切れてしまった。

警察にかかってくる電話は、全て自動的に、録音されるシステムになっているので、男の短い会話も、再生された。

中年の男の声である。


「三年前、八月二十五日、雨」


それだけである。

警察の電話は、相手が切ってもつながったままになっている。そこで、どこから、その電話をかけてきたのかを、調べることにした。

相手の男が使ったのは携帯電話で、発信地は、伊豆半島の修善寺《しゅぜんじ》周辺ということが分かった。

十津川は、すぐ修善寺の警察署に、電話をかけて、その周辺を、調べてもらった。

その結果は、二時間後に分かった。

修善寺の狩野《かの》川に面した道路で、壊れた携帯電話が一台、見つかった。

しかし、その番号を調べてみると、前日に盗まれた、携帯電話であることが分かって、壁にぶつかってしまった。

この間に、十津川は、三年前の、八月二十五日の天候を、調べていた。

たしかに、関東地方に、限れば、朝のうちは雨だが、午前中には止《や》んで、暑い日になっていた。

念のために、関東地方だけではなくて、その日の東海地方、あるいは、東北地方の、天気も調べた。

どちらも、関東地方と同じような天気だった。午前中というよりも、前夜の雨が残っていたが昼近くには止み、気温が、上がっている。

さらに、もう一つ、分かったのは、この三年前の、八月二十五日が、日曜日だったということである。

「電話をしてきたのは、五人目の男でしょうか？」

西本が、十津川に、きく。

「たぶん、そうだろう。犯人が電話をしてくるはずは、ないからな」

「しかし、この男は、いったい何がいいたかったんでしょうか？」

「分からないから、何とかして、突き止めようと思って、三年前の八月二十五日日曜日の翌日、つまり、八月二十六日月曜日の新聞を国会図書館に送ってもらっている。それを、見れば、何か分かるかもしれないからな」

しばらくすると、国会図書館から、問題の日の新聞のデータが、捜査本部の、パソコンに送られてきた。

十津川は、それを、プリントアウトして、壁に張りつけた。

「この新聞の記事によると、三年前の八月二十五日は日曜日で、午前中は、雨が残っていたが、昼からは、晴れている。つまり、男は嘘《うそ》をついていないんだ。その日の午後になってから、観光客がドッと出ているのだが、午前中まで残った雨のために、交通事故が多発したと、書いてある。死亡事故も、起きているようだ」

「その、交通事故の記事の中に、今までに、殺された大河内敬一郎や、矢次弥生、原田健介、そして、柴田康夫の名前は、載っていませんか？」

　西本が、きいた。

「いくら調べても、四人の名前は載っていないね。載っているとすれば、交通事故の、当事者か、あるいは、加害者のほうと思うので、今その点に気をつけて見ているのだが、そのどちらにも、載っていないね」

「電話の男は、警部のいわれるようにウソはついていないわけですね。三年前の八月二十五日は、間違いなく、雨でしたから」

「その通りだ。電話の男は、そのことを、いいたいのかな？　三年前の八月二十五日は雨だった。少なくとも、午前中は、雨で、午後から晴れた。そのことを、いいたかったんだろうか？」

「新聞には、交通事故の他には何か気になることは、載っていませんか？」

　亀井が、きいた。

「海水浴も、そろそろ終わりだという記事が載っている。午前中まで、昨夜の雨が、残ったので、海水も、冷たくなってきて、海水浴客は減ってきていると、書いてあるね」

「海水浴場の事故も、載っていますか？」

北条早苗がきく。

「九州地方の、海水浴場で、遊泳中に溺《おぼ》れて、二人が亡《な》くなったという記事が出ているね。記事を見る限りでは、二人とも、まだ子供だね。一人は、中学生で、もう一人は小学生だ」

「今回の連続殺人事件には、子供は、関係なさそうですね。だとすると、電話の男が、いいたかったのは、やはり、交通事故のほうでしょうか？」

と、亀井が、いう。

「たぶん、そうだろう。八月二十五日、雨と、男は、電話でいっている。新聞記事によると、雨のせいの交通事故が、何件か、起きているんだ。しかし、新聞の隅から隅まで、調べても、今回の、殺人事件の犠牲者四人の名前は、載っていない」

「そうなると、新聞記事には、ならないような、小さな、交通事故でしょうか？」

「カメさんは、どんな事故のことを、いっているんだ？」

「例えば、八月二十五日に、雨のせいで、日本のどこかで、交通事故が起きて、人が死んだとします。車を運転していたのは、大河内敬一郎です。しかし、大河内は金の力で、その事故を、隠蔽《いんぺい》してしまいます。つまり、目撃者を買収したわけです。ですから、大河内の起こした交通事故は公《おおやけ》にはならず、新聞にも、載っていないということですが」

「たしかに、それなら、納得できるね。大河内敬一郎は、自分の運転する車によって、三年前の八月二十五日に、人を殺してしまったとすれば、事故の目撃者に、一人当たり一億円支払っても、高くはなかったろうと、思うね。ただその後がどうなったのか、それが、さっぱり、分からない。いつだったか、ほかにも、目撃者がいて、その目撃者に、口止め料を、払わなかったので、事件が起きたのではないかと、誰かがいったが、しかし、そういうストーリーでは、今回の、連続殺人事件は、どうにも、説明がつかないんだよ」

「大河内敬一郎が、自分の運転していた車で事故を起こし、人を、殺してしまったとすれば間違いなく、新聞に、載りますね」

「ああ、載るね」

「しかし、新聞には、載っていません。とすれば、大河内が起こしたと思われる、交通事故は、実際には、起きていなかったのか、あるいは、あったのに、目撃者を、買収してなかったことにしてしまったのかのどちらかですね」

「しかし、カメさん、目撃者のことは、もうずいぶん話し合った。ところが、このストーリーでは、今回の連続殺人の、説明がつかない。だから、大河内が、交通事故を起こして、目撃者を買収したというストーリーは、間違っているんだ」

と、十津川は、断定した。

「そうなると、いったい、どう考えたらいいんでしょうか？　大河内敬一郎が自分の車を運転して、人身事故を、起こした。そもそも、そう考えること自体が、間違っているんでしょうか？」

「単なる軽い、交通事故ならば、三年後の今になって、連続殺人事件が、起きるはずがないと思うね。交通事故だとすれば、人身事故で、人が死んでいるから、三年後の今になって、殺人事件が起きている。そうとしか考えられない」

「交通事故でないとしたら、熱中症でしょうか？　誰かの不注意で、人が熱中症で死ねば、三年後に殺人が起きても不思議はないと思いますが」

「たしかに、午前中雨が降り、午後は雨が上がって、気温も、高くなったと書いてある。ただし熱中症の記事は一つもないから、それほど、暑くはならなかったんだろう。海水浴場では、もう、海水浴の季節は終わりだと、書いてあるからね」

「ほかには、何かの事故のことが、新聞に載っていませんか？」

「交通事故以外か？」

と、十津川が、いう。

「いや、ないな。新聞を、隅から隅まで読んでも、殺人に結びつくような事件は、何もないね。列車事故の記事も、ないし、病院での、医療事故とか、頭のおかしくなった男が、路上で無差別殺人に走ったという記事もないね」

「一紙だけではなく、念のため、ほかの、新聞も、目を通してみたらどうでしょうか？」

と、亀井がいい、十津川も賛成した。

日本の五大紙と呼ばれる新聞の記事を全て、国会図書館から、送ってもらった。

それをチェックすると、五大紙の中で、一紙だけに載っている事件の記事も、いくつかあった。

例えば、その一つが、観光地の京都で、起きた食中毒の、記事である。

その時、五人の人間が、病院に送られたとしているが、いずれも、症状は軽くその日のうちに、退院したと伝えている。これでは、三年後の今になって、殺人事件には、発展しないだろう。

夜になって、二度目の電話が入った。前の男と同じ声である。

「三年前、八月二十五日、雨、ロールスロイス」

今度は、ロールスロイスという車種が、追加されていた。

「あの四人の中で、ロールスロイスを持っているのは、大河内敬一郎だけですよ」

と、亀井が、いった。

やはり、大河内の車に関わる〝何か〟が、起きているのだ。

「そう考えると、今の電話の意味するところは、三年前の、八月二十五日に、大河内敬一郎が、ロールスロイスを運転していて、どこかで、交通事故を起こしたということになってくるんだが、五大紙の紙面にいくら目を通しても、どこにも、大河内敬一郎が、自分の車、ロールスロイスで、交通事故を起こしたという記事は、載っていないね」

と、十津川がいうと、亀井が、

「大河内敬一郎が、ロールスロイスで事故を起こしているのに、なぜ、新聞に載っていないのかと考えると、大河内敬一郎が、金の力で、新聞記事を押さえてしまった。だから、載っていないとしか、考えられませんが」

「しかし、大河内敬一郎が、金の力で、マスコミを押さえてしまったとしても、三年も、前のことだからね。今から調べてそれが明らかになるかどうか」

と、十津川が、弱気な声を出した。

それでも、一応、調べるだけ、調べてみることにした。

もし、そうした、交通事故があったとしても、いったい、どこで、起きたのかが分からなければ、調べるのは難しい。

五大新聞の編集局に電話をして、ロールスロイスによる、交通事故があったが、それを新聞には載せなかった。そういう事実が、三年前の、八月二十五日になかったかどうかを、聞いてみた。

しかし、どの新聞社も、事故があったのに、記事にしないというようなことは、絶対にあり得ないという返事だった。それ以上は、突っ込みようがない。

十津川は、もう少し、小柄で旅好きの四十歳という男のことを、考えてみることにした。もちろん、この男についての、知識といえば、捜査本部に電話をかけてきた、中島小枝子からの情報しかないのだが。

四十歳、小柄な男、そして、旅行好き、これだけである。

電話をしてきた中島小枝子は、殺された柴田康夫が、五人目の男について話していたことを、そのまま、警察に伝えてきた。名前や住所をいわなかったのは、柴田康夫が、それを彼女に伝えなかったのだろう。

多分、柴田康夫は、五人目の男について、その名前や、住所を、知らなかったのだ。

それでも、男のことを出来る限り、中島小枝子に、伝えようとした。

それで、四十歳という年齢をいい、外観から、小柄な男といった。

問題は、旅好きの男という、表現である。最近は、旅行ブームで、テレビも雑誌も旅行のことを、よく取り上げている。

それに、たいていの男は、旅が嫌いではないだろう。

それなのに、どうして、旅好きな男と、柴田康夫は断定したのか？　ただ単に旅が好きで、よく、旅行に行くということなら、今は大抵の男がそうだから、それを特徴というのはおかしい。

なぜ、柴田康夫は、わざわざ、旅好きの男と、いったのだろうか？

もっと突きつめると、旅好きということが、その男の、大きな特徴になると思ったから、柴田康夫はいったに違いない。

(旅が好き、あるいは、よく旅に行くことが、男の特徴だということは、それを、仕事にしている男ではないのか？)

最近の、雑誌などを見ると、旅のレポートがよくのっている。

そこで、十津川は、雑誌社、テレビ局、新聞社などに、片っ端から電話をして、旅行のレポートを書いている男の中に、小柄で、四十歳、そして、最近、行方が分からなくなっている人間が、いないかどうかを、聞いてみることにした。

部下の刑事たちも、全員、その作業に加わった。一日がかりで、やっと、一人の名前を見つけ出すことができた。

名前は、木下保《たもつ》、独身。いわゆるトラベルライターである。

「中央旅行」という雑誌の編集長・田代が、十津川に、話してくれた。

「十年くらい前から、ウチの雑誌で、木下君に、レポート記事を、よく頼んでいました。彼は、原稿を書くのが早いし、いつも、なかなか、うまい記事を書いてくれましたからね。それが、三年くらい前でしたか、急に、連絡が、取れなくなって、しまったんです。心配になって、彼が住んでいた、中野のマンションに行ってみたら、引っ越していて、管理人に聞いても、引っ越し先は、分からないという返事でした。今も彼がどこに行ってしまったのか、全く分かりません。今年で、四十二歳になってる筈です」

田代編集長は、木下保の顔写真も、提供してくれた。

体格を聞くと、小柄だが、エネルギーに満ちあふれていて、少しばかり、危険な場所の取材でも、二つ返事で引き受けてくれたという。

「三年前のいつ頃から、連絡が、取れなくなったんですか？」

十津川が、きくと、

「たしか、九月に入ってすぐ、夏が終わろうとする頃ですよ。ウチでは、日本全国の海水浴場や、名所旧跡なんかを回って、夏の終りの風景を、レポートする仕事を木下さんに依頼しようとしていたんですが、急にいなくなってしまいましてね」

「木下さんが、急に、いなくなった理由は分かりますか？」

十津川が、きいた。

「それが、皆目、見当がつかないので、不思議で、仕方がないんですよ」

捜査本部に戻った十津川は、メモに書いた木下保という名前と、田代がくれた木下保の顔写真とを、見つめて考え込んだ。

（はたして、この木下保という男が、五人目に、殺されることになる男なのだろうか？）

第六章　京都に追う

1

十津川の頭の中で、今回の連続殺人事件が、少しずつ形になり始めていた。

というよりも、今までに、殺された男女、その男女が、一つの形をとり始めたといったほうがいいかもしれない。

それは、木下保という名前の男に、ぶつかったからである。

最初、この男は、年齢四十歳くらい、小柄で、旅行好きという漠然としたイメージで、十津川の前に現れた。今になって見ると、かえってそれが、よかったのである。

「これだよ」

と、十津川が、亀井に、いった。

「よく分かりませんが」

「今までに殺された四人については、いろいろと調べたが、何の関係も見つからなかった。それなのに、同一犯人が、四人を殺したと思われている。鳴子こけしというメッセージのせいだ。そうなると、はたして、この四人がどういうグループなのかが問題になってくる。私も、いろいろと考えたが、それが、今回の木下保という男で一つのヒントを与えられたんだ。いや、違うな。最初は、木下保じゃない。年齢四十歳くらい、小柄で旅行が好きな男、そういう名前のない形で私の前に、五人目の男が現れた。それが良かったんだ」

「つまり、殺された四人の関係が、そういう名前のない関係だったということですか?」

「そういうことだ。最初は、そういう形で、四人は、集まっているんだ。お互いに、名前も、知らない。ただ、外見だけ。そういう形だったわけだよ。例えば、ほかの三人から見た初老の男で、体格がいい。どこか金持ちのように見える。そして、身長は百七十三センチ、体重七十三キロ、これは、大河内敬一郎だ」

「しかし、彼は、ほかの三人に、多額の金を払っています。ただの名前の分からない出会いとは思えません」

「だから、それは、名前が分かってからのことだよ。四十二歳で、小柄な旅行好きな男が、木下保という名前だと分かった。それと同じことなんだよ。本来なら、殺された四人は、お互いに会ったとしても、年齢六十歳くらい、身長百七十三センチ、やや小太り、そんな外見の印象しか残さずに、別れていたはずなのだ。ところが、何かの理由で、四人は、お互いの名前を知ることになった。そして、どんな人間なのか、あるいは、どれほどの資産を持っているのかまで、お互いに、知ることになってしまったんだ」

「なるほど。やっと少しだけ、分かってきました。そして、もう一人、五人目の人間がいて、この、木下保、いや、年齢四十二歳、小柄で旅行好きの男ということになったわけですね？」

「そういうことだ。そして、今までに四人を殺した犯人は、この木下保という男を、五人目に殺すつもりでいる筈《はず》だ」

「そうなると、これからは、われわれと、犯人との競争になるわけですね？　もし、犯人が先に、木下保を見つけ出せば、間違いなく、犯人は、彼を殺す。逆に、われわれのほうが、先に、木下保を見つければ、五人目の犯行を、防ぐことができるわけですね」

「残念ながら、今のところは、犯人のほうが、一歩、リードしているといわざるを得ないな」

と、十津川が、いった。

「私には、もう一つ、分からないことがあるんですが」

と、亀井が、いう。

「それは、犯人と、鳴子こけしの関係のことじゃないのか？」

「そうです。なぜ、犯人は、殺しの現場に、名工が作った、鳴子こけしを、一本ずつ置いていくんでしょうか？」

「問題の四本の鳴子こけしのことだが、今までに起きたことだけを考えていたのでは、正しい結論は出てこないだろうと、思っている」

と、十津川が、いい、亀井が黙っていると、言葉を続けて、

「したがって、ここでは、少しばかり、飛躍した考えを持ち込んだほうがいいと、思っているんだ」

「どんな考えですか？」

亀井が、十津川を見た。

亀井自身も、証拠だけを、追っていると、推理が飛躍していかないいらだたしさを感じていたのだ。

十津川が、何かいいかけるのを、亀井は、手で制して、

「まあ、ゆっくりと、警部の話を伺いたいので、どうですか、コーヒーでも飲みませんか？」

と、いって、立ち上がった。

「最近のインスタントコーヒーは、バカになりませんよ」

と、いいながら、亀井は、二人分のコーヒーを淹《い》れ、その片方を十津川の前に、置いてから、

「それでは、警部の考えを聞かせてください」

十津川は、コーヒーを一口、口に運んでから、

「ここに、問題のこけしを、欲しがっていた女性がいるとする。彼女は、一人で、そのこけしを求めて、ある時、鳴子に行った。ところがこけしを入手する前に彼女は、死んでしまった。彼女には、恋人がいた。彼は、本来なら、一緒に、問題のこけしを

求めて、鳴子に、行くはずだったのだが、やむを得ない急用ができて、彼女一人を、行かせてしまった。彼女が死んだ時、彼は、そのことを、深く後悔した。その後、彼は、恋人の急死の理由を知ろうとして、まずこけしを五本持っているという女性のことを知って、訪ねていった。広田順子だ。亡《な》くなった彼女の墓前に、そのこけしを捧《ささ》げたいといってね。

その結果、彼は、五本のこけしを手に入れて、そして、持ち主だった女性は、亡くなった。その間に、いったい、どんなことがあったのかは、今のところ想像がつかない。しかし、とにかく、彼は、その五本のこけしを手に入れたんだ」

「そこまででは、連続殺人事件は、起きそうにありませんね」

と、亀井が、いう。

十津川は、苦笑して、

「何しろ、想像だけで、証拠がないことだからね。だから、ところどころ、空白が生まれてしまう」

といってコーヒーをまた一口、口に運んだ。

「問題のこけしを、五本も手に入れた彼だが、恋人が、問題のこけしを求めて、鳴子に、行ったはずなのに、どうして、その前に全く別の場所で遺体となって、発見されたのか、そのことに疑いを持った」

そういってから、十津川は、少し考えていたが、

「とにかく、今までに考えたことを、勝手に話していくから、カメさんは、おかしな点があったら、後で、質問したり、指摘したりしてくれ」

2

十津川が、話を続ける。

「恋人の死体が、はたして、どんな形で、発見されたのかは、もちろん分からないが、たぶん、事故死の形を、取っていたのではないかと思うね。それに、鳴子でもない筈だ。だから、最初、彼は、恋人が事故で死んだと考えた。が、今もいったように、場所が鳴子と違うので、疑いを持った。そうして、必死になって、恋人が死んだことについて調べ始めた」

「その事件ですが、いつ起きた事件かは、分かりませんね」

「そうだよ。だが、おそらく、電話の男が言った、三年前の八月だろう。とにかく、死んだ恋人を愛していた彼は、必死になって、調べ続けたんだ。その結果、こんな証

言を耳にしたんじゃないかな。恋人の死体が発見された場所に、一台の車がやって来て、何かを捨てて立ち去ったという種類の証言だ。つまり、誰かが車で、彼の恋人の死体を運んできて、現場に捨てたんだ。彼は、その、あまりあてにならない証言に、必死で食いついた。そのうちに、問題の車は、日本の国産車よりも、あるいは、ベンツや、ＢＭＷよりも、大きい車だったという証言を、手に入れた」

「それはつまり、ロールスロイスということですね？」

「ああ、そうだ。どうやら、関係している車は、ロールスロイスらしいということになって、彼は、日本中の、ロールスロイスの持ち主に当たっていったんだろうと、私は、考える。たしかに、時間のかかる調査だが、彼は、それを必死でやった。日本でロールスロイスの持ち主は、それほど、多くはないからね。そして、彼はやっと、大河内のロールスロイスにたどり着いたんだと思う」

「やっと、大河内社長と、ロールスロイスが出てきましたね」

亀井が、微笑した。

「先に進めるよ」

「お願いします」

「一言だけ、断わっておくが、これは全部、私の勝手な、想像なんだ。そのつもりで聞いてくれ」

「分かっています」

「彼はこのあと大河内という社長について、調べ始める。大河内社長のことを、調べていくと、奇妙なことが、分かってきた。三年近く前に、大河内社長が、多額の金額を、関係がないと思われる人たちに、配っていた。売れないカメラマンや、バイクマニアの男、元歌手などにである。しかし、この三人と、大河内社長との間には何の接点もない。さらにいえば、死んだ、彼の恋人と、大河内社長との間にも、何の接点も、見つからなかった。それで、彼は、なおさら必死になって、大河内社長のことを調べ、大河内社長から大金をもらった人間についても、徹底的に調べていった。だが、いくら調べていっても、大河内社長たちの関係が、一向に分かってこなかったと思うね。また、大河内社長とロールスロイスと、彼が一番知りたかった亡くなった恋人との関係も、何も分かってこなかったと思うね」

「しかし、彼は、最後になって、ようやく、分かってきて、復讐《ふくしゅう》を始めたんじゃないんですか?」

と、亀井が、いった。

「彼は、亡くなった恋人のための、復讐を始めたんだ。それは、自分のための、復讐ではない。あくまでも、恋人のための、復讐だ。だから彼は、殺しの現場に彼女の好きだった、鳴子のこけしを一本ずつ置いていったんだ」

といったあと、十津川は、小さくため息をついた。

「しかし、ここで壁にぶつかってしまったんだよ。しかも、捜査が、壁にぶつかったわけじゃないんだ。私の勝手な想像が、壁に、ぶつかってしまったんだ」

3

亀井は、コーヒーをもう一杯ずつ、自分のカップと、十津川のカップに注いでから、

「これを、飲み終わったら、出かけようじゃありませんか？」

「出かけるって、いったい、どこへ、何をしに行くんだい？」

「殺された四人、大河内社長たち四人について、もう一度、調べに、行くんですよ」

「しかしね、カメさん、調べに行くといっても、すでに何度も、四人については、調べたよ。それでも、四人の関係は、何も分からなかったじゃないか」

「そうですが、今度は、少しばかり違いますよ」

「どう違うのかね？　五人目が、殺されたわけじゃないだろう」

「そうですが、今までは、警部の想像力が、入っていなかったじゃありませんか。それに、愛し合っている二人がいて、男は、不審な死を遂げた彼女のことを、調べていく。それが、今まではなかったんですよ」

「しかしね、カメさん、それは、全部、私が想像したことなんだ。具体的な話じゃないんだ」

「それでも、いいじゃありませんか？　何か新しいことが、分かるかもしれません。とにかく、歩きましょうよ」

と、亀井が、いった。

4

まず、大河内社長の件である。

十津川と亀井は、事件を扱った、地元の警察署に行った。前にも、十津川は、地元の警察に協力を求めている。

しかし、あの時は、あくまでも、中心は自分たちであり、地元の警察は、従の立場だった。

しかし、今回は違う。あくまでも、地元の警察に、話を聞くという立場を、十津川は、取ることにした。いや、取らざるを得なかった。

十津川は、所轄《しょかつ》署の刑事たちに、集まってもらった。全員が、大河内社長の事件に、関係して、動いた刑事たちである。

「今回の事件に関係して、何か分かったことがあったら、何もかも教えてもらいたいのです。どんな小さなことでも構いません。関係がないと思われることでも、遠慮なく、話して欲しい」

最初は、集まった刑事たちも、遠慮して、なかなか、口を開かなかったが、そのうちに、ぽつぽつ話し始めた。

刑事の一人が、いった。

「これは、大河内社長が個人的に預金をしていた銀行の支店長が、話してくれたことなんです。われわれも、警視庁も、大河内社長の預金口座については、支店長からいろいろと、話を聞いていますが、われわれの他にも若い男の甲高《かんだか》い声で、同じことを聞いてきた人間がいたそうです。支店長は、てっきり、警察が、同じことを聞いてきたのだろうと思って、丁寧に答えていたそうですが、そのうちに、どうやら相手が、警察の人間では、ないらしいことに気がついて、答えることを、止《や》めたといっています」

「銀行の支店長は、大河内社長が、三年前の九月に、口座から十億円下ろしたことを、その若い男に、教えてしまったというわけですね？」

「はい。そういうことになります。ただし、その電話をしてきた、若い男というのが、いったい、何者なのかは、分かりません。とにかく、支店長が用心して、相手の身元を、聞き出そうとすると、相手は、すぐに、電話を切ってしまったそうです」

ほかの刑事も、思い思いに話してくれた。

「大河内社長の自宅のほうにも、電話があって、居合わせた秘書や、社長の車の運転手が、答えているんです。若い男の声で、少しばかり、甲高かったそうですから、おそらく、銀行の支店長に、電話をしてきた人間と、同一人だと思います」

「その男は、大河内社長の秘書や、運転手に、何を聞いたんですか？」

「その男は、外車のディーラーだと名乗って、大河内社長が乗っているロールスロイスについて、秘書や運転手に、話を聞いたそうです。以前に、社長のロールスロイスが事故に遭って、車体に、傷がついたようなことはありませんか？　もし、そうなら、ウチが安く、早く、傷ついた箇所を、修理いたしますからと、その男がいったそうです」

「なるほど」

「それから、運転手に対しては、何月何日に、どこそこに、社長さん自身が、運転して、行かれたことは、ありませんかと、そんなことも、聞いたそうです」

「それで、運転手は、どう答えたんですか？」

「大河内社長は、車の運転が好きで、ロールスロイスを自分で運転することもあるが、その行先までは、分かりませんと、答えたそうです」

十津川と亀井が、次に行ったのは、二番目、三番目、そして、四番目に、殺された男女の事件を扱った所轄の、警察だった。更に、殺された犠牲者たちの、知り合いにも、もう一度会って、話を、聞くことにした。

例えば、二番目に殺された、矢次弥生、三十歳についても、十津川と亀井は、その知り合いに聞いて、回ることにした。

矢次弥生は、世田谷区代田のマンションに住んでいた。そのマンションの管理人にも、十津川は、改めて、話を聞いた。

十津川が質問し、管理人が、答える。

「矢次弥生さんが、殺される前ですが、若い男が、電話をかけてきて、彼女のことを、あれこれ聞きませんでしたか？」

「電話ですか……。そういえば、矢次弥生さんが殺される前に、若い男から、何回か、電話がかかってきました。同じカメラマンの仲間かと思ったんですが」

「どんな電話ですか？」

「最初に聞かれたのは、矢次弥生さんは、大河内敬一郎という、大会社の社長と、何か関係があるのかと、聞かれました。それが、最初の電話です」

「どう、答えたんですか？」

「矢次弥生さんのことは、このマンションに住んでいましたから、もちろん、知っていましたが、大河内さんという、大会社の社長さんのことは、全く、知りませんでした。会ったことも話をしたことも、ありませんから、正直に、何も知りませんと、答えました。その次に、今度は、矢次弥生さんが、このマンションの、空き部屋を買いとったり部屋を大改造したことについて、電話があったんです。同じ若い男の声でした。矢次弥生さんは、遺産でも手に入れたのかと聞いたり、あるいは、誰かから、部屋の大改造の金を、もらったのかとか、そういうことを、やたらに聞いてきましたね。それに対しても、私は、何も、分かりませんと答えたんです。実際、私は、何も、知りませんでしたから」

「そうしたら？」

「その後は、電話が、かかってこなくなりました」

次は、原田健介という、自動車会社の新入社員の件である。

彼はバイクが好きで、伊豆半島の東海岸を、自分のバイクで疾走している時に、事故に遭い、死んだ。この原田健介については、大学時代の同窓生から話を聞くことにした。

その男は、大学時代、原田健介と同じバイクのクラブにいて、卒業後は、同じ自動車会社に、就職したといい、十津川に、こう証言した。

「僕も彼も、お互いに、金には縁がなくて、原田のヤツは、自分の好きなバイクを、それも新車を買いたくて仕方が、なかったようですが、買えなかったんです。それが、大学二年の秋頃ですかね、突然、ニコニコしながら、とうとう、買ったよというんですよ。彼が買ったのは、かなり高価なバイクでしたから、信じられなくて、彼のアパートまで見に行きましたよ。そうしたら、驚いたことに、その高価なバイクが、二台も駐車場に停まっていたんですよ。それで、ビックリして、このバイク、どうしたんだと、聞いたら、原田のヤツ、笑いながら、犬も歩けば、棒に当たるんだよと、いいましたね。今でも、意味が、よく分からないんですが、どうやら、突然、何か、うまいことがあって、大金が舞い込んできたので、前から欲しかったバイクを、二台も買ったらしいと僕は、受け取ったんですが」

「犬も歩けば、棒に、当たるですか？」

「ええ、そうなんですよ。二回か三回、同じことを、いっていましたよ。だから、僕は、原田に、いってやったんですよ。それは、犬が、歩いていると、思いがけず災難に遭うという喩《たと》えなんじゃないかってね。犬が歩いていると、棒に当たって、痛い目に遭う。そういう意味じゃないのかって、いってやったんです」

「そうしたら、原田さんは、どう、いいましたか？」

「最初は、まずいことに、巻き込まれてしまったので、これは、犬も歩けば、棒に当たるだなと思っていたら、突然それがいいことに代わって、大金が、舞い込んできた。そういっていました」

「まずいことに、巻き込まれたと、そう、いったんですか？」

「そうなんですよ」

「それについて、詳しい話を、原田さんは、あなたに、していました？　例えば、どんなまずいことに、巻き込まれたのか詳しいことを話しましたか？」

「いや、あいつは、元々、おしゃべりなんですが、どういうわけか、そのことについては、何も、しゃべりませんでしたね。だから、彼にとって、本当に、まずいことに巻き込まれたんだと、思いますよ」

「もう一度確認しますが、ひどい目に遭ったので、それで、犬も歩けば、棒に当たるといっていたのに、それが、後になって、大金が転がり込んできた。原田さんは、そういっていたんですね？」

「そうなんですよ」

「大河内敬一郎という名前を、原田さんから聞いたことは、ありませんか？」

亀井が、きいた。

「たしか、大河内敬一郎さんというと、最近、亡くなった、どこかの、大会社の社長さんでしょう？」

「そうです。IT企業の社長です。原田さんが、この、大河内敬一郎という名前を、口にしたことはありませんか？」

「いや、聞いたことは、ありませんが」

十津川が、ほかに、聞くことがなくなって、黙っていると、原田の友だちは、急に思い出したように、

「そういえば、一度だけですが、妙な電話がかかってきたことが、ありましたよ」

「どんな電話ですか？」

「原田が、死ぬ前ですよ。突然、若い男の声で、会社に電話がありましてね。お友だちの原田さんは、最近、三台目の高いバイクを買った。他の二台分もあわせて、そのお金を、どうやって作ったのか聞いていますかと、聞くんですよ。僕には、分からないといったら、どうして、原田さんは、そんな大金が、手に入ったのか、何か、悪いことをしたような話は聞いていませんかと、電話の男がしつこく聞くので、ひょっとすると、警察の人間かなと、思ったので、刑事さんですかと聞いたら、急に、電話を切ってしまって、その後は、同じ男からの、電話は、かかってきません。今思い出しても、妙な電話でした」

5

最後は、五十一歳の、柴田康夫という古い歌手について、十津川たちは、その仲間に、話を聞いた。

昔、柴田康夫と同じように歌手として、デビューし、その後は今も、地道に歌手を続けている男と女である。

十津川は、この二人を、新宿の居酒屋に呼んで、酒を飲みながら、話を、聞くことにした。

「柴田康夫さんが、二年前に、突然、新しいＣＤを出して、ビックリされたんじゃありませんか？」

と、十津川が、きいた。

「もちろん、ビックリしましたよ。柴田とは、細々と連絡を取って、たまに、会ったりしていたんですが、新曲を出したいのだが、どこのレコード会社にも断られると、そればかりいっていましたからね。それが、二年前のある日、今度、新曲のＣＤを出す、それも、一枚だけじゃない、という話でしょう。会った時に、よくレコード会社がＯＫしたなと聞いたら、笑っているばかりで、何も、答えてくれませんでしたね」

と、男の歌手が、いった。

同席していた、女性歌手も、

「私も、その話を聞いた時は、ビックリしましたよ。それで、たしか、飲み屋で会った時に、聞いたんですよ。スポンサーでもついたのかって」

「その時に、柴田さんは、何と、答えましたか？」

「すごく、変なことをいっていましたよ」

「変なこと？」

「ええ、たしか、犬も歩けば、何とかだって、嬉《うれ》しそうな顔で、そんなことを、盛んにいっていましたよ」

「犬も歩けば、棒に当たるでしょう? 昔からのことわざですよ。しかし、それは、犬がふらふら歩いていたりすると、棒で殴ぐられてひどい目に遭うという意味の筈ですが」

「ええ、それは、知っていますよ。私も犬棒カルタの世代ですから。だから、それ、ひどい目に遭うという、意味でしょうといったら、柴田さんは、こんなことをいいました。たしかに、ある時、ひどい目に、遭ったんですって。ところが、それが、不思議なことに、大金が手に入ることになった。それで今度、新曲のCDを、出すことになったんだって」

「柴田康夫さんに、恋人がいたのは、知っていますか?」

「ええ、知っていますよ。たしか、中島さんとかいう人でしょう? でも、柴田さんが殺されてしまったら、どこかに姿を、消してしまった。そんな話を聞いていますが」

男が、いった。

「柴田さんは、殺される前に、お二人に、何か、いっていませんでしたか? 例えば、誰かに、命を狙《ねら》われているとか、怖い目に遭っているとか、そういうことは、いっていませんでしたか？」

十津川が、きくと、二人は、顔を見合わせてから、女が、

「交通事故に遭う前にも、居酒屋で会ったんだけど、その時に、柴田さんの、携帯電話が鳴ったんですよ。彼が電話に出るのを遠慮しているように、見えたんで、CDを出して、やたらに、元気が良かったから、新しい仕事の話かもしれないから、電話に出たほうが、いいよと、私のほうからいってあげたんです。そうしたら、柴田さん、いや、この電話には、出ないほうが、いいんだと、いいましてね。誰から、かかってきたのか、知っているようでしたね」

「その電話の相手のことを彼は、何かいいましたか？」

「私も気になったから、聞きましたよ。どんな人からの、電話なのと聞いたんですけど、急に、黙り込んでしまって、それまでは、やたらに、元気が良くて、今度、三枚目のCDが出る。それが売り切れたら、また新しいCDが、出るんだ。その時には、あんたを、レコード会社の人に、紹介してやるよ。そんなことをいいながら、お酒を飲んでいたんですけどね、その携帯の電話が、鳴った後は、急に静かになってしまって、何だか、怖い顔をしていましたよ」

「その後は、どうなったんですか？」

「その後も、柴田さんの、携帯電話が鳴るんですよ。だから、何回も、電話に出なさいよと、いったんですけど、彼、携帯に触るのはイヤだとでもいうように、カウンターの隅に、携帯電話を、押しやってしまったんですよ。それで、彼がトイレに立ったときにも電話が鳴ったので、うるさくなって、私が、その電話に、出ました」

「それでどうなったんですか？」

「携帯を取って、柴田の家内ですけど、そういって、やったんです」

「そうしたら？」

「若い男の声が、聞こえましてね。奥さんですか。それでは、柴田康夫さんに、伝言を、お願いしますというんです」

「それで？」

「伝えますが、伝言って、何ですかって聞いたら、変なことを、いっていましたよ。まもなく、M・Iの命日が来る。そう伝えてくださいとだけいって、電話を、切ってしまったんですよ」

「エム・アイですか？　間違いありませんか？」

「ええ、間違いありませんよ。わたしが、何回も聞いたから間違いなく、アルファベットのM・Iといってましたよ」

十津川は、手帳を取り出して、忘れないように、「M・I」と、書いた。

「確認したいんですが、携帯電話の相手は、間違いなく、男の声だったんですね？」

「ええ、そうですよ」

「その電話の男の声が、いった、M・Iというのは、頭文字ですね？」

「ええ、もちろん、私もそう思って、聞きました。M・Iさんは、電話の男の人の知り合いでもあり、柴田康夫さんの、知り合いでも、あるんじゃありません？　命日だと、いっていましたから」

「その電話の後、柴田さんに、M・Iという頭文字の人物について、聞いてみましたか？」

「ええ、大事な電話かもしれませんから、男がいった通りに、柴田さんに伝えましたよ。まもなく、M・Iの、命日だからと、男はいってたけど、あなたの知っている人なのと、聞いたら、柴田さんは、何だか、ムキになって、人の電話に勝手に出るな、そんなヤツ、俺が、知っているわけがないだろうと、大声を出してましたね。あれは、本当は、知ってるんですよ」

たぶん、彼女のいうことは、間違いないだろう。

十津川は、二人の柴田の仲間の歌手に、亀井と二人で、酒や、肴《さかな》を勧めた。

「亡くなった柴田康夫さんのことですが、大金が手に入って、新しいCDを、出すことが出来て、元気一杯だった。間違いありませんね？」

十津川は、確認するように、二人に、きいた。

「間違いありませんよ。どこから大金を手に入れて、新しいCDを出すようになったのかは、分かりませんけど、うらやましかったですよ」

と、女が、いった。

「しかし」

と、十津川は、女に向かって、

「柴田さんと、飲んだ時に、彼の携帯電話が鳴って、それなのに、柴田さんは、出ようとしなかった。そこで、あなたが出たら、若い男の声で、まもなく、M・Iの命日だと、いったんですね？」

「ええ、そうですよ。間違いなく、M・Iといいました」

「その頭文字を、柴田さんに、聞いたが、知らないといった？」

「ええ。でも、ただ知らないじゃありませんでしたよ。怒りをあらわにしながら、知らないといったんです。あれは、どう見ても、知っている顔でしたね」

「私が気になるのは、柴田康夫さんが、犬も歩けば、棒に当たるというカルタのことを、いっていたことなんですよ。最初にいったのは、自分が犬で、歩いていて棒で、殴ぐられてしまった。つまり、ひどい目に遭った。ところが、それが、大金が手に入ることにもなった。柴田さんは、あなたに、そういったんですね？」

「ええ、そうですよ」

「ところが、それが、どんなことなのかは、何もいわなかった」

「ええ、いいませんでしたね」

「柴田康夫さんは、旅行が、好きでしたか？」

「私たち、売れない歌手は、日本中を歌って回りますからね。イヤでも、旅行をするようになるんですよ。だから、柴田さんだって新曲のＣＤが出て喜んでいましたけど、やっぱり、それを、売るためには、全国を、回らなければならないと思いますよ」

男が、いった。

「最後に、お聞きしますが、木下保という名前を、柴田さんから、聞いたことはありませんか？」

十津川が、きくと、しばらく考えていたが、二人とも、聞いたことは、ないといった。

今度は、木下保のことについて、話を聞くために、雑誌「中央旅行」の田代編集長に、会いに行くことにした。

前に、木下保について、この田代編集長から、十津川は、話を聞いたことがある。

十津川は、田代に会うと、

「その後、木下保さんから、何か、連絡はありませんか？」

「残念ながら、まだ、何の連絡もありませんね。もし、見つかったら、仕事を、頼もうと思っているんですが」

「木下保さんという人についてお聞きしたいのですが、四十二歳で、小柄。一人旅が好きだと聞いたのですが、これは、間違いありませんか？」

「ええ、間違いありませんよ」

「一人旅が好きというと、何となく、古風な感じがするんですが」

「古風ですか。そうですね、彼は、ひょっとすると、古風かも、しれませんよ。人と一緒になって、ワーワーやるのは、あまり好きではないし、田舎道を一人で歩くのが好きだと、いっていますからね」

「木下保さんは、犬棒カルタが、好きですかね？」

十津川が、きくと、田代は、エッという、顔になって、

「犬棒カルタですか？」

「そうですよ。犬も歩けば、棒に当たるという、あの、犬棒カルタです」

「もちろん、私は、知っていますが、最近の若い人は、逆の意味に、取るんじゃありませんか？　本来なら、犬もフラフラ歩いていると、棒で殴ぐられて痛い目にあう。そういう意味なのに、最近の若い人たちは、犬だって、ブラブラ歩いていると、何かいいことがあるといったように、そんなふうに受け取ってしまう人が、多くなりましたね」

「木下さんが、その犬棒カルタ、犬も歩けば、棒に当たるというのを、田代さんに話したことは、ありませんか？」

「犬も歩けばという話は、彼から、聞いたことはありませんが」

「でも、連絡が取れなくなる前に、何か、事件にぶつかったというようなことは、話していませんでしたか？」

「そうですね」

と、田代は、ちょっと考えていたが、

「そういえば、木下さんが、こんなことを、いっていたことがありましたよ」

「どんなことですか？」

「一生懸命にいいことをやろうとしても、物事が、良くなるとは限らない。逆に、ひどい目に、遭うことだってある。たしか、そんなことをいってましたね」

「いいと思ってやったことでも、逆の結果が出ることがある。ひどい目に遭うことがある。つまり、木下さんは、そういうことを、いったんですね？」

「ええ、そうです」

「どんな時に、木下さんは、そんなことを、いったんですか？」

「たしか、取材を頼もうと思って、ここに来てもらって、コーヒーを飲みながら話をしていたんですよ。そうしたら、突然、木下さんが、そんなことを、いい出したんです。私が、今の話、実体験なんでしょうって、いったら、彼、急に、黙り込んでしまいましてね。その後、何となく、気まずくなってしまって、取材のことを、頼むのも忘れてしまいました。それから、彼とは、連絡が取れなくなったのです」

と、田代が、いう。

どこかで、その話は、犬も歩けば、棒に当たるに、似ていると、十津川は、思った。

その時、突然、田代の携帯電話が、鳴った。

十津川が、ちらりと、田代を見て、

「もし、木下さんだったら、何とか、あなたと会えるように、仕向けてください。私のことは、いわずに」

田代が、うなずいて、携帯を取る。

「木下さんですか？」

と、田代が、いう。

どうやら、予想通り、電話をかけてきたのは、木下保らしい。

田代が、相手に向かって、今、どこにいるのかとか、元気にしているのかとかを、聞いた後で、

「どうしても、木下さんに、頼みたい仕事があるんですよ。一人旅の企画なので、一人旅の好きな、木下さんでないと、むずかしい仕事なんです。ぜひ頼まれてくれませんかね？　今、どこにいるんですか？　ああ、それなら、私もそちらのほうに行く用事がありますから、打ち合わせを、しましょうよ。じゃあ、明日」

と、いって、田代が、電話を切った。

「今の電話、木下保さんですね？」

十津川が、念を押した。

田代が、黙って、うなずく。

「明日、木下さんに、会いに行かれるんですか？」

「ええ、そうです。向こうが、会いたいといっているし、私も、いろいろと、彼の事情を聞いてみたいですからね」

「どこで会うのですか？」

「京都です」

「京都のどこですか？」

「それは分かりません。明日もう一度、電話をしてきてくれるそうですから、それで、待ち合わせ場所を、打ち合わせます」

「じゃあ、今、木下さんは、京都にいるんですか？」

「それも分かりませんが、彼が生れたのは、京都ですから、京都にいると思いますね」

「われわれとしては、何とか、木下保さんと、連絡を、取りたいのです。正直にいいますが、木下保さんは今、誰かに、命を狙われているんですよ。危険なので、できれば、木下さんのほうから、警察に来てくれればいいんですが」

と、十津川は、繰り返した。

「しかし、彼のほうは、どうやら、警察の人とは会いたくないみたいだから、十津川さんが一緒に京都に行ったりしたら、彼は、出てこなくなりますよ。私が、説得してみます」

と、田代が、いった。

「それでは、明日もう一度、打ち合わせをさせて、いただきたい」

そういって十津川は、田代編集長と別れた。

6

翌朝、十津川が、電話すると、田代が、電話に出る気配がない。十津川は慌《あわ》てて、亀井を誘って、中央旅行社に行ってみると、田代は、すでに出かけていた。

何人かの編集部員に、どこに行ったのかと聞いてみると、全員が、口を揃《そろ》えて、

「分かりません」

と、いう。

田代は、行き先も告げずに、たぶん、木下保に、会いに出かけたのだ。

「とにかく、京都に行ってみよう」

と、十津川は、亀井に、いった。

田代が、木下保に会いに出かけたのは間違いないが、京都に行ったのかどうかは、

分からない。それでも、十津川は、京都出身の木下保が、田代に京都で会いたいといったことだけを、頼りに、新幹線で京都に、向かうことにした。

十津川は、木下保に、危険が、迫っていると感じていた。下手をすると、五番目の死体になる。

十津川たちが、木下保を追っているように、四人を殺した犯人もまた、木下保を、追っているに違いなかった。

十津川は、新幹線の中で、手帳を広げた。そこには、M・Iという頭文字が、書き込んである。そして、まもなく、命日が来ると、男の声が、いっていたというから、このM・Iという人物は、すでに亡くなっているのだ。

もし、十津川の想像が当たっていれば、M・Iは、どこかで殺されて、彼または彼女と、とても親しい男が、復讐を計画して、今までに、四人の人間を殺していることになる。そして、最後の五人目として、木下保を、どこかで、殺すつもりでいるのだ。

男の声は、まもなく、M・Iの命日が来ると、いっていたという。

命日は、いつなのか？　八月二十五日に、まず、間違いないだろう。

たぶん、犯人は、その間に、木下保を見つけて、仇《かたき》を討とうと、考えているに違いない。

十津川と亀井の乗った新幹線は、昼前に京都に着いた。京都の駅を出たところで、十津川は、何回目かの電話を、田代編集長の、携帯にかけてみた。

京都に着くまで、新幹線の中で何回も、田代に電話をかけているが、今回は少し、反応が違っていた。

今回は、話し中に、なっているのだ。

話し中の相手は、誰なのだろうか？　田代編集長に、かけてきたのだから、木下保だろうか？　それとも、木下保の命を、狙っている犯人だろうか？

十津川は、立ち止まっては、何度も田代に携帯をかけた。話し中の時間が、長い。

十津川は、木下保と田代の二人は、この京都に、来ていると、確信した。それは当然、犯人のほうも、京都に来ている可能性が高いことを意味している。

十津川は、改めて田代の携帯に電話をかけてみた。長い通話は終わっていたが、今度は、相手は、出なかった。

「これから先、どういう動きになるかは分からないが、取りあえず、レンタカーを借りよう」

と、十津川が、いった。

とにかく、足を確保しておかねば、いざという時に、間に合わない。

駅前のレンタカーの営業所で、車を借りてから、亀井が、

「最初に、どこに、行きますか？」

「まず、市役所に行きたい。そこで、木下保の住民票が、どうなっているのか見たいんだ」

と、十津川が、いった。

市役所に行き、木下保の名前をいって、住民票がどうなっているのかを、聞いた。

すると、木下保は、住民票を京都から、移していなかった。生まれた場所の住所に、なっているのだ。

そこで、十津川と亀井は、その住所に行ってみることにした。

右京区の教えられた番地のところに行ってみると、そこには、いわゆる、京風の家が建っていたが、表札は、木下ではなかった。現在、そこに住んでいる人に聞くと、その家は、近くの不動産屋に、紹介されて借りたのだという。

今度は、十津川たちは、その、不動産屋に行ってみた。

不動産屋は、十津川の質問に、

「ええ、前は、木下さんという人が、住んでいたことは知っていますよ。しかし、ずいぶん前に、ウチが、木下さんから、土地も家も買い取りました」

詳しく聞いてみると、十年以上も前の、話だという。

「その時、お宅に、あの土地と家を売ったのは、何という人ですか？　木下保さんですか？」

十津川が、きくと、不動産屋は、

「ええ、ご両親が二人とも亡くなり、息子さんから買いました」

すでに、ここには、木下保の家も土地もないことになる。それなのに、なぜ、木下保は、住民票を、移そうとしないのか？

不動産屋に聞くと、前には、あの場所に小さいが、ちょっとシャレた、京料理の店があったという。その名前は「木下」で、木下保の父親が、店を出していたのだという。

さらに、近くの寺に、木下家の墓があると聞いたので、十津川と亀井は、その寺にも、行ってみた。

その寺の境内には、たしかに、木下家の墓があった。さらに住職に聞くと、こんな話をしてくれた。

「たしか、去年の暮頃でしたかね。突然、木下保さんから、電話がありましてね。自分は、もう京都に、住んではいないので、木下家の墓を永代供養《くよう》してもらいたいと。

その後で、こちらに、来られました。そして、永代供養料を、払っていかれたんです」

と、住職が、いった。

「この近くに、小さいが、なかなかおいしい京料理の店があったと、聞いたのですが、ご存じですか？」

と、十津川は、住職に、聞いてみた。

住職が、笑顔になって、

「もちろん、知っていますよ。『木下』という店で、腕のいい板前さんを雇って、木下保さんのご両親が、切り盛りしていました。知る人ぞ知る、京料理の店でしたよ。今はもう、なくなってしまいましたが」

「木下家のお墓ですが、先ほど見たら、きれいになっていましたが、誰かが、掃除に来たんですか？」

と、亀井が、きいた。

「一週間くらい前でしたかね、突然、木下保さんが、お見えになって、掃除をしていかれたんですよ」

と、住職が、いった。

とすれば、今も、木下保が、京都にいる可能性が強くなってきたと、十津川は、思った。

「木下保さんのほかにも、あのお墓のことについて、話を聞きに来た人が、いたんじゃありませんか？」

十津川が、きくと、住職が、また微笑した。

「そうなんですよ。ここに来て急に、木下家の墓を見に来られた方が、います」

三十代で、背の高い男だったという。それならば、田代編集長ではない。

ということは、犯人なのか？

「その男は、名前を、いいましたか？」

「いや、木下家の親戚《しんせき》に当たる人間だといっていましたが、名前は、聞いていません」

「それで、どんなことを、話していったんですか？」

「あなたと同じことをいっていましたよ。木下家のお墓が、きれいになっているけれども、最近、誰か、ここに来たのかと、聞かれたので、木下保さんが、いらっしゃったという話をしました」

「そうしたら？」

「そうですかといって、帰っていかれました。それだけです」

と、住職が、いった。

この男が犯人だとすれば、現在、京都には、やはり、木下保も犯人も、田代編集長も、来ていることになってくる。

第七章　「大願成就《たいがんじょうじゅ》」か罠《わな》か

1

警視庁捜査一課の本多一課長から、京都にいる十津川のところに、電話が入った。

「今日、連続殺人事件担当捜査員様の宛《あ》て名で、一通の手紙が届いた。親展となっているので、私は、まだ、中を見ていないが、君宛ての手紙だと思う」

と、本多がいう。

「差出人の名前は、分かりますか？」

「木下保となっている。ただ、住所は書いてない」

一瞬、十津川は、迷った。あの木下保だろうか？　それとも、木下の名前を騙《かた》ったニセモノだろうか？

「申し訳ありませんが、中味を、すぐに読みたいので、至急ファックスで送ってください」

十津川と亀井は、寺を出た後、四条のホテルにチェック・インした。このホテルには、フロントに、ファックスがあった。十津川は、そこのファックス番号を本多に告げ、送ってもらうことにした。

どんなことが書いてある手紙なのか、すぐにでも読みたいので、十津川は亀井と二人で、フロントで直接、本多からの、ファックスが到着するのを待つことにした。

その時、十津川の携帯が鳴った。田代編集長からだった。

田代は、木下保と八坂神社で会い、警察に行くように説得したが、木下は、断固として拒否し、姿を消してしまったと、いった。

田代は、どうしても、木下に会いたかったといい、自分の勝手な行動を詫《わ》びたが、十津川は、礼をいって、電話を切った。

問題の手紙は、便せん何枚にもわたる、長いものだった。そのことが、十津川に、手紙は木下保が書いた本物だと、思わせた。

全部の受信が終わると、それを持って、十津川たちは自分の部屋に入り、一気に、長い手紙を読んでいった。

「私の名前は、木下保、四十二歳です。職業は、雑誌や新聞に、旅行の記事を書くフリーライターでしたが、私のことは、すでに、ご存じだと思います。

私は今、ある男に、命を狙《ねら》われています。たぶん、警察は、このことも、ご存じでしょう。

この犯人は、すでに、四人の人間を殺しています。私は、殺された四人と私が、なぜ、犯人に、狙われたのか、その理由は、よく分かっていますが、正直にいって、この犯人については、ほとんど何も、知らないのです。いったい、どんな人間で、どんな、顔をしているのか、若いのか年をとっているのか、私は、何も知りませんし、知りたいとも、思いません。

おそらく、このままで行けば、そう遠くない日に、私は、この犯人に、殺されてしまうでしょう。それなのに、今も書いたように、私には、相手のことが、よく分からないので、どうやって防いだらいいのかが、全く分からないのです。

私には、この犯人に殺される十分な理由があるのです。その負い目のため、犯人と、闘おうという意欲が、どうしても、湧《わ》いてこないのです。

今の私にできることといえば、犯人から逃げることと、私が殺される理由を、誰かに、知ってもらうこと。この二つしかありません。

そこで、私は、この連続殺人事件を捜査している、警察の責任者に、すでに殺された、四人を含めた私たち五人が、なぜ、犯人に狙われているのか、それを、書き留めて、せめてその理由を知ってもらうことにしたのです。

あの事件が起きたのは、今から三年前の、たしか、八月二十五日でした。

私はこの日、さほど、急ぎではない雑誌の取材で、鳴子に行くことになっていました。東北新幹線で、古川まで行き、陸羽東線に乗り換えて、鳴子温泉で、降りました。急ぎの取材でしたら、この先は、レンタカーを使うのですが、急ぎではない、ゆっくりとした取材でしたから、とにかく、歩いていこう。そう思いました。少し遠いのですが、尿前《しとまえ》の関所や、そこにある芭蕉《ばしょう》の句碑、あるいは、その近くにあると聞いた日本こけし館に行ってみようと思ったのです。

東京は、いぜんとして真夏の暑さでしたがこちらのほうは、すでに初秋でした。雨が上がり、午後になると、日が差してきましたが、風が冷たかったのを、覚えています。

緩い上り坂を登っていったら、その道路の端で、かなり大きな車が停まっているのが目に入りました。よく見ると、昨日の雨で、できたぬかるみに後輪が、はまってしまっているのです。その車は、ロールスロイスでした。

運転席に中年の男がいて、しきりにエンジンをふかしているのですが、一向に、はまった穴から、抜け出せずにいました。そのまま、通り過ぎるのは、冷たすぎるかなと思って、車のそばに行ってみました。まあ、私でも、少しは、役に立つかもしれないと、思ったのです。

その車のナンバーを見ると、品川ナンバーでした。

私は体が小さいし、力もないので、私一人が助勢しても、穴から抜け出せるものではありません。どうしたものかと困っていると、そのうちに、一人二人と、通りかかった人たちが、ロールスロイスのそばに寄ってきました。バイクで通りかかった若い男性もいたし、軽自動車で、走っていた女性もいました。私を入れて、全部で四人でした。

四人も、集まってきたので、何とかすれば、大きなロールスロイスをぬかるみから出せるかもしれない。そう思って、みんなで一斉に押すことに、なりました。

運転席で中年の男が、エンジンをかけます。みんなが一斉に、押します。だが、車が脱け出せない。私たちは、だんだん腕の力がなえてきました。そのうえ誰かが「駄目だ！」と声を出し、その瞬間、四人が一斉に手を放してしまったんです。とたんに、車が後ずさりを始めたのです。運転している男が、必死になって、ブレーキを踏んだんですが、その場所が坂になっていたし、ぬれていましたからズルズルと落ちていって、私たちは、ケガをするのがイヤなので、一斉に、飛びのきました。ロールスロイスは、スピードがついて、停まらないのです。

その直後に、あの悲劇が起きてしまったのです。

十メートルくらい下のほうで、若い女性が立ち止まって、地図を、見ていました。その女性に、重量二トンを優に超える、ロールスロイスが、スピードをあげて、ぶつかってしまったのです。

私たちは、息を飲みました。女性の身体《からだ》が、猛烈な勢いで、跳ね飛ばされるのが見えました。十メートル以上も飛ばされてしまった女性の上に、もう一度、ロールスロイスが乗っかかって、彼女の身体を、押し潰《つぶ》してしまい、やっと、停まりました。

運転していた男が、真っ青な顔をして車から飛び出してきました。僕たちも、慌《あわ》てて、駆け出しました。

跳ねられた上に、轢《ひ》かれてしまった女性の身体が、ぴくぴくと小刻みに、震えているのが分かりました。その震えも、すぐに止まってしまって、私は、彼女は、死んだと思いました。以前、同じように、車に跳ねられて、死んだ友人を、見たことがあったからです。

誰かが、救急車を呼ばなくちゃと、悲鳴に近い声で、叫びました。叫んだのは、軽自動車でやって来た女性だったと、思います。

しかし、誰かがすぐ、もう死んでいるといいました。

誰も、何もいわなくなってしまいました。今、目の前で起こったことを、どういったらいいのか、分からなかったのだと思います。

そのうちに、ロールスロイスを運転していた中年の男が、私たちに向かって、いったのです。

『これは、私に、第一の責任がある。しかし、君たちみんなの、責任でもある。私たちは、この女性を、はねたくてはねたんじゃない。全くの偶然だ。こんなことで、刑務所に行くようなことになったら、泣くに泣けない。だから、みんなでこのことは、秘密にして、黙っていようじゃないか？　死体の始末は、私がする。それに私は、かなりの、資産家だ。君たちが、このことを、黙っていてくれるのなら、君たちが、欲しいものを何でもプレゼントする。一億円でも二億円でも、何か欲しいものがあれば、それをいってくれれば、私がプレゼントする。その代わり、このことは、絶対に、黙っていてくれ』

それから、彼だけが、自分の名前を告げました。ロールスロイスを運転していたし、ナンバープレートも、みんなが、見てしまいましたから、名乗らなくても、調べれば、どこの誰だか、分かったはずです。

男は、自分は、IT産業で、成功している大河内敬一郎だと、名乗りました。その名前は私も知っていました。

それで、私たちは、何となく、共犯者意識というか、そういう気持ちが、湧いてしまったのです。

それに、大河内敬一郎の提案も、十分に、魅力的でした。そこで、何が欲しいかは、後になってからいうことになって、死体の始末は大河内敬一郎に任せ、私たち四人は、このことを一切、永久に、人には、しゃべらないで黙っていることを約束して、別れました。

私も、大河内敬一郎というIT会社の社長に、一年間、自由気ままな、世界一周旅行がしたいといって、一億円を、受け取りました。このまま日本にいるのが、怖かったのです。大河内敬一郎からもらったその金で、私は、ほとんど一年間、ゆっくりと、世界を回ってきました。

でも、やはり気になったので、帰国後、私は事件の日以降の新聞を、国会図書館に行って、調べてみました。鳴子温泉駅と関所の間の事故、いや、もっと厳しくいえば、殺人ですが、その事件のことは、新聞には、全く載っていませんでした。

それで、私も、少しばかりホッとしたのです。

それからまた二年が経《た》ちました。あれだけ気になっていたのに、私は、自分たちが起こした事件について、忘れかけていました。

そんな時、突然、男から電話がありました。あの事故の後、大河内社長は一人で、問題のロールスロイスのトランクに、女性の死体を入れ、遠く離れた伊豆のほうに、死体を捨てに行った、というのです。

そして、五月十日に、あの大河内社長が、ホテルで殺されたという記事が、新聞に、大きく載ったのです。IT産業で大成功を収めた社長が、殺されたのですから、どの新聞の社会面にも大きく載ったし、テレビのニュースでも報道されました。

これを見て、私は、否応《いやおう》なしに、三年前の八月二十五日のあの事件のことを、思い出してしまいました。

あの事件が原因で、大河内敬一郎社長は、ホテルで、何者かに、殺されたのだろうか？　いや、そんなことはないと、私は自分に、いい聞かせました。何しろ、三年間も、何事もなかったんですから。

それに、新聞の記事では、大河内社長がライバル会社に、憎まれていたとか、女性関係に問題があったとか、書かれていても、例の自動車事故のことは、一行も、書かれていませんでした。

三年前にもあの事故のことは、全くニュースには、ならなかった。だから、大丈夫だ。大河内社長は、あのことが、原因で殺されたのではない。あの電話も、ただの間違いだ。私は、自分に、そう、いい聞かせました。

ところが、同じ五月の十七日、今度は、山口県で『ＳＬやまぐち号』の写真を撮っていた写真家の矢次弥生、三十歳が殺されたというニュースがあったのです。

テレビには、彼女の顔写真が、紹介されたし、新聞にも、同じ記事が載っていました。私たちは、三年前の事故の時には、お互いの名前は聞かないままに、別れました。聞いてしまえば、いろいろと、まずいだろうと思ったからです。

しかし、顔だけは、三年経っていても、はっきりと、覚えていました。殺された矢次弥生という写真家の女性は、間違いなくあの時、一緒にロールスロイスを、押したり、事故の後始末のことを、相談したりした女性だと分かりました。

その上、矢次弥生は、車の中で死んでいたと、書かれていましたが、現場に、有名な名工が作った鳴子こけしが、残されていたともありました。

それで、私はまた、五月十日に、大河内敬一郎が殺された現場にも、同じ職人の作った、鳴子こけしが置かれていたのを、思い出しました。私は、怖くなりました。これは明らかに、何者かが二人を殺して、その犯人が、鳴子こけしを、現場に残していったのです。これは、犯人が、私たちに、復讐《ふくしゅう》をしているのではないかと、思ったのです。

さらに、五月十九日には、原田健介という自動車メーカーに勤めていた、若い新入社員が、伊豆半島の、東海岸をバイクで走行中、コンクリートの塀に、激突して死んだことが、報道されました。

私には、この原田健介という青年の顔にも見覚えが、ありました。三年前のあの時、バイクで通りかかって、ロールスロイスを一緒に押した男です。

あの時は、たぶん、大学生だったと思います。あの頃から彼は、バイクに乗って、日本中を走り回っていたのだと思います。

もちろん、彼の名前は、お互いに名乗りませんでしたから、その時は、知りませんでしたが、この写真の顔は、間違いなく、あの時、一緒にロールスロイスを押した若い男のものでした。

その上、事故現場には、いくつもの花束が置かれていたのですが、その花束の一つに、例の鳴子こけしが入っていたというのです。

そのことを知って、私は、体が震えました。

これはもう間違いない。何者かが、三年間にわたって、私たちのことを調べ上げ、一人一人に復讐しているに違いない。そう、考えたからです。

私は怖くなって、いっそのこと、警察に出頭して、三年前のことを、全《すべ》て打ち明けてしまおうかとも思いました。

しかし、それができないのです。とにかく、三年間黙っていたのだし、その上、大河内社長から、一億円もの金をもらって世界一周旅行に行っていましたから、その三年間の長さが、私に、警察に出頭することを、許さなかったのです。

その上、これまでに、殺された人たちの記事を見ていると、矢次弥生さんも、原田健介さんも、私と同じように、大河内社長から大金をもらって、好きなものを、買ったりしていたのは、間違いありません。

ただ恐ろしくて、三年の間ずっと、黙っていたというのなら、何とか、出頭する勇気が、湧いたかもしれませんが、大金をもらって黙っていたというのでは、自分自身、どうしても、出頭できない。そんな気持ちに、なれなかったのです。

それでもう、ここまで来たからには、徹底的に逃げてやろうと思いました。

三年前のことを、考えると、あの現場には、あと二人、私ともう一人、五十歳前後の男がいたのです。犯人は、あの男のことも、きっと狙っているに違いない。私だけを、狙っているわけではないだろう。これなら、何とか、逃げ延びられるかもしれない。そんなふうに、考えたのです。

ところが、同じ五月の三十日、こんな記事が新聞に載ったのです。

日暮里にある病院で、夜中に、柴田康夫という入院患者の一人が、首を絞められて、殺されていたのです。病室の枕元《まくらもと》のそばのテーブルの、花瓶には、黒バラと例のこけしが入っていたと、記事には書いてありました。

その患者の顔にも、私は、見覚えがありました。あの時、一緒にいた男の一人です。

新聞記事で、彼が昔、ヒット曲を出した歌手で、最近になって突然、三枚のＣＤを出したことを知りました。

ああ、やっぱり、この男も、大河内社長から、沈黙の代償として大金をもらい、ＣＤを出していたんだと、思いました。

これで、大河内社長を、入れて、全部で、四人の人間が、殺されてしまったことになります。そうなると、残ったのは、私一人です。次は、否応なしに、私が狙われる。そう思いました。

毎日が、怖くなりました。なぜ、警察が、犯人を逮捕できないのか、そのことにも、腹が立ってきました。

大河内社長が、最初に殺され、次に、矢次弥生、三人目が、原田健介、そして、今度は、柴田康夫という、昔の歌手が殺された。現場には必ず、有名な名人の作った、鳴子こけしが置かれている。これは、間違いなく連続殺人事件です。犯人は、メッセージを送っているんです。

それなのに、どうして、警察は、犯人を捕まえることが、できないのだろうか？

警察は、いったい、何を、もたもたしているのだろうか？

警察が、一日も早く、犯人を捕まえてくれさえすれば、私は、恐怖から、逃れることができるのです。

そこで、私は、考えました。三年前のあの事件のことは、テレビのニュースや、新聞の記事には、取り上げられなかった。だから、警察は、連続殺人事件だということが、分かっていても、犯人の動機が、分からないのだろう。それが捜査を難しくしているに違いない。

そこで、三年前の事件について、それとなく、警察に、知らせてやろう。そう思いました。

しかし、全てを、知らせてしまうわけにはいきません。そんなことをしたら、この私自身が、捕まってしまいます。

それで、私は、それとなく、警察に事件のヒントを与えることにしました。それとなくです。

だから、私は、警察に電話をかけて、一度目は『三年前、八月二十五日、雨』という、クイズのようなことをいったのです。

雨が降り、その雨のせいで、ぬかるみが、出来ていた。そこに、ロールスロイスの後輪が、はまってしまったために、事故が起きた。そういう意味で、二度目は『三年前、八月二十五日、雨、ロールスロイス』と、警察にクイズを出したのです。

その後、私は、テレビや、新聞のニュースに毎日必死になって、目を通していました。何とか、警察が、三年前の事件に気がついて、連続殺人事件の犯人を、捕まえてくれないかと、それだけを、祈りながら、ニュースを追っていたのです。

ところが、新聞には一向に、警察が気づいたらしい記事が、上がってきません。テレビも同じです。

しかし、冷静に考えてみれば、それも当然かもしれません。何しろ、三年前に鳴子で起きた事件は、私たち自身が、消してしまっていて、ニュースになっていなかったのですから。

その代わりのようにテレビや新聞に出てくるのは、四人目に殺された歌手の柴田康夫さんが、付き合っていた女性、新聞には、S子さんと匿名《とくめい》で出ていましたが、彼女が、柴田康夫さんが生前、四十歳くらいの小柄で、一人旅が好きな男がいたと、私のことをいっていて、そのことを警察で、話したということがニュースになっていました。

もちろん明らかに、これは、私のことです。あと二人残っていて、その一人が自分で、もう一人は、名前は、分からないが、四十歳くらいの小柄で、一人旅の好きな男だったと、生前、柴田康夫さんは、S子さんにいっていたらしいのです。

おそらく、柴田康夫さんも、この連続殺人が、復讐によるものだと分かって、あの時の人間が、一人二人と、次々に殺されていくのが、怖かったんだと思います。

だから、何とかして、警察に、一刻も早く犯人を、捕まえてほしい。そう思って、こんなことを、S子さんに話していたのではないでしょうか？」

2

「私は、だんだん、自分が、逃げ切れないような、そんな気がしてきました。もちろん、犯人の名前は、全く、分かりません。三年前のあの時に、私たちが、間違って殺してしまったあの女性の身内か、あるいは、彼女がもし、結婚をしていたとすれば、その夫が、彼女の仇《かたき》を、討とうとしているんではないか？　そんなふうにしか考えられなくなりました。

しかも、三年前の事件です。犯人は、三年間ずっと、私たちのことを、探し続けていたに違いない。そして、私たち五人のことを、調べて、一人一人殺しているのです。

その執念を、考えると、もう逃げられないのではないか、逃げ切るのは、無理ではないかとしか、思えなくなってきたのです。

私ももう四十二歳です。殺される前に、身の回りの始末だけでもしておこうと考えました。

私は、京都の生まれです。亡《な》くなった両親は京都で、小さいが、味が自慢の料理屋をやっていました。木下家のお墓も、京都のお寺にあります。

それなのに、私は、ここ、何年間か、両親の墓参りは、ほとんど、していません。一年間かけて世界旅行はしているのにです。

そこで、私は、何年かぶりに、両親の墓参りをしたいと思い、新幹線で、京都に向かいました。久しぶりに、両親の墓参りも、済ませました。

今、京都に来て、この手紙を書いています。

どうして、こんな手紙を、書く気になったのかというと、もし、私が、殺されてしまえば、三年前のあの時、あの現場にいた五人は、全員が、いなくなってしまうわけです。そうなったら、マスコミに、何を書かれ、いわれるか、分かりません。大悪人とされてしまうかもしれません。

たしかに、私たち五人は全員、悪人といわれれば、悪人でしょう。人を一人殺しておいて、口をぬぐっているのですから。

ですが、あれは、間違いなく、偶然の事故だったのです。少なくとも、そのことだけは、知ってもらいたいのです。

それで、この手紙を書いた、次第です。

最後に、ここまで書いてきたことは、全て本当のことです。そのつもりで、捜査員の方に、読んでいただければありがたいと思います」

これで、長い手紙は、終わっていた。

十津川も亀井も、すぐに、感想を述べる気にはなれなくて、冷めてしまったコーヒーを口に運んだ。

その後で、亀井が、突然、

「三年ですよ」

と、いった。

「そうなんだよ、カメさん、三年間なんだよ。三年間、犯人は、事件の真相を調べ、その事件に、関係している五人を探り出したんだ」

と、十津川が、いった。

「三年前に、問題の五人のために、殺されてしまった人物の頭文字は、M・I。そして、女性だと分かりました」

と、亀井が、いった。

「そうだよ。犯人は、まもなく、M・Iの命日が来るといっていた。やはり、命日は、八月二十五日なんだ」

「そうなってくると、犯人は、このM・Iの関係者だということに、なりますね？

兄弟かもしれませんし、夫かもしれませんが」

「よし、M・Iは女性、そして、伊豆に絞って、調べてみよう」

と、十津川が、いった。

三年前の八月二十五日、鳴子で、誤って殺してしまった、頭文字がM・Iという女の死体を、大河内敬一郎は、自分のロールスロイスに乗せ、はるばる伊豆まで運んでいって、そこで、遺棄したらしい。

三十分経つと、西本から、十津川の携帯に、電話があった。確かに、三年前の九月の新聞に、いざきみゆき、という名前が出ていた。伊豆山中で、死体が発見されたという。

十津川は、その新聞記事も、ファックスしてもらった。

いざきみゆきは、井戸の井に、三崎の崎、みゆきは、平仮名になっていた。年齢は二十八歳、一年前に、結婚したばかりと書いてあった。死因は、誤って崖《がけ》から落ち、全身を強く打ったためだという。

そして、記事には、夫、井崎昭の顔写真と談話も載っていた。井崎昭、三十二歳、サラリーマンとなっている。

その談話。

「みゆきが、こんなところで、事故で死んだなどとは、どうしても、信じられません。彼女は、学生時代から、こけしが好きで、それも、鳴子の、仙太郎こけしが好きだったんですよ。八月二十五日に、彼女は、一人で鳴子に行って、できれば、こけし作りの名人といわれる仙太郎さんに、会って、一本でもいいから、仙太郎さんが作ったこけしを買って帰りたい。出かける前、彼女は、そういって、いたんです。私も、行きたかったのですが、どうしても仕事が休めなくて、一緒に行けなかったんです。それで、彼女は、一人で、出かけました。だから鳴子へ行った筈《はず》なのです。それなのに、どうして、方向の全く違う伊豆で、事故死なんかしているんですか？これは、絶対に何かの間違いですよ」

井崎みゆきの夫、井崎昭は、こんな談話を載せていた。

その記事を読み終わってから、亀井が、十津川に向かって、

「私は、この井崎昭が、妻のみゆきの死に疑問を持ち、三年間、必死になって調べて、実は、鳴子で死んでいて、それには、五人の人間が絡《から》んでいたことを突き止め、復讐

を始めたのではないかと思います。そう考えると、全てのことが、しっくり、来るんですよ。ただ、事件は、はっきりするんですが、一つだけ、どうしても、疑問が残ってしまうのですよ」

「どういう疑問だ？」

「犯人は、どうして、仙太郎こけしを、五本持っていたんでしょうか？　この仙太郎こけしは、たしか、昨年の十月に、広田順子という女性が、五本購入して、持っていたはずです。どうして、それを犯人が持っていて、一人殺すたびに、一本ずつ現場に置いていったんでしょうか？　その点だけが、納得できません」

「たしかに、その点は、不思議だが、私は、こんなふうに、考えているんだ」

と、十津川が、いった。

「犯人の井崎昭は、三年間、妻のみゆきが、どうして死んだのかを徹底的に調べている。三年前、妻は、仙太郎こけしを、手に入れられずに、鳴子で死んだことを知った。だから、妻の買いたかった仙太郎こけしについても、ずっと調べていた。すると、広田順子という女性が、去年の十月に、最後の十本のうちの五本を、一人でまとめて、買っていることが分かった。そこで、井崎昭は、三鷹のマンションに、広田順子を訪ねていったんじゃないか。会って、事情を話し、仙太郎こけしを、何とか、譲ってくれないかと頼んだんだろう。しかし、広田順子は、井崎昭のその頼みを断った。広田順子にとっても、それは、亡き夫に捧《ささ》げるためのこけしだったからね。或《あ》いは、井崎の話を信じなかったのかも知れない。

それで、井崎昭は、誤解、というより錯乱してしまったんじゃないか。死んだ妻のみゆきは、あの日、鳴子に、仙太郎こけしを、買いに行ったが、かなわなかった。ひょっとすると、この広田順子という女性が、三年前の八月にも、一人で、仙太郎こけしを何本も買ったのではないか。買い占めなければ、みゆきは、一本でも、手に入れることが出来た筈だ。そうすれば、事故に遭うこともなかったと。つまり、広田順子も怨恨《えんこん》の対象になってしまった。これは、私の勝手な想像だが、そう考えてみたんだ。

井崎昭は、五人への復讐の準備が整うと、広田順子のマンションに忍び込んで、五本の仙太郎こけしを、盗み出そうとした。しかし、盗まれるのを警戒し、仕事を休んでいた広田順子に見つかった。そして、殺して火をつけ、こけしを持ち去った。あるいは、五本全部を盗まれてしまった広田順子のショックは大きく、長年住み慣れたマンションに、火を放ち、自殺してしまった。これは、少しばかり、強引な推理かもしれないが、今、考えられるのは、こんなことだ」

「なるほど」

「三年経って、やっと、真相にたどりついた井崎昭は、五本の仙太郎こけしを、手に入れた。妻のみゆきは、三年前の八月二十五日、鳴子で、五人の人間に、殺されてしまった。しかも、問題の事件は、誰も知らない。ニュースにも、ならなかった。ただ、井崎みゆきを殺した五人だけが、そのことを覚えている。そこで、井崎昭は、その一人一人に、復讐していくことにした。また、現場には、井崎みゆきの霊を、慰めるように、これは復讐のための殺人なんだということを、知らしめるために、鳴子こけしを一本ずつ、置いていったんじゃないか？　こちらのほうは、間違いないと思っている」

3

十津川は、井崎昭の、顔写真を手に入れ、それをコピーして、京都府警にも、助力を要請した。

十津川は、京都府警捜査一課の近藤警部と、打ち合わせをした。

「今、この京都に、犯人の井崎昭も、来ていますし、五人目の男、木下保も来ています。私としては、次の殺人事件は、何としても食い止めたいのです。それに五人とも殺されてしまうと事件は、闇《やみ》から闇に、葬《ほうむ》られてしまう恐れがあります。そうはしたくないのです。五人目の殺人を食い止め、真相を、明らかにしたい」

十津川は、近藤警部に、いった。

「十津川さんは今、犯人の井崎昭が、どこにいると、お考えですか？　京都市内のホテルに、泊まっているんでしょうか？」

近藤が、きく。

「井崎昭は、自分のことは、警察に、知られていると、思っているでしょう。ですから、京都を代表するような大きなホテルには、泊まっていないと思うのです」

「では、小さな、民宿のようなところに泊まっていると？」

「いや、それも、少しばかり、考えにくいと思いますね。私は、今回の殺人を、食い止めるために、テレビで発表してしまおうと、考えているのです。そうすれば、井崎昭の殺人を、防ぐことが、できると思いますから」

と、十津川は、いった。

その言葉にしたがって、翌日、十津川は、京都府警と合同で、記者会見を開き、今回の事件の概要を、記者たちに説明してから、井崎昭には、すぐ警察に自首するようにと告げ、また、木下保には、聞いていたら、近くの警察に保護を求めるようにすめた。

しかし、木下保が、警察に助けを求めてくることもなかったし、井崎昭も、一向に見つからなかった。

また、京都市内のホテルや、民宿からも、井崎昭と、木下保のどちらかが、泊まっているという届け出も、なかった。

そこで再び、十津川は、京都府警の近藤警部と話し合った。

「こうなると犯人の井崎昭は、たぶん、車の中に、泊まっているのではないかと、思います。ただ、レンタカーを借りて、その車に、寝泊まりしているとは思いません。テレビや新聞に、私たちの、記者会見の様子が、報じられていますから、井崎昭が自分の運転免許証を使って、レンタカーを借りれば、すぐ、営業所から、こちらに連絡があるはずです。そう考えると井崎昭は、そんなマネはしないでしょう」

と、近藤がいう。

「そうなると、井崎昭が、車に乗っているとすると、その車は、まず盗んだものでしょうね」

と、十津川が、いった。

「その可能性は、高いですね」

「井崎昭は、すでに、四人もの人間を殺しているんですから、それに比べれば、車を盗むことぐらい、何でもなかったと思います」

「盗難車だとすると、京都ナンバーではないかもしれませんね」

「むしろ、京都ナンバーではないほうが、可能性が、高いと思います。京都で盗めば、盗まれた被害者のほうから、すぐ、警察に連絡が入ります。たぶん、東京と、京都の間で車を盗み、それに乗って、京都に、来ていると、思います」

「そうなると、京都では、探すことは、難しいですよ。京都は、何といっても、日本中から観光客がやって来るところですからね。その中には、車でやって来る人も、多いから、他県のナンバーの車など、京都では珍しくも何ともないのです」

井崎昭は、行方がつかめなかったが、木下保は、その行方が、次第に分かってきた。

どうやら、木下は、覚悟を決めたらしく京都駅の近くの、営業所で、レンタカーを借りたのである。

木下保が借りた車の、車種はすぐ分かった、白のトヨタのカローラで、そのナンバーも、判明した。

「おそらく、木下保は、わざと、レンタカーを借りたんだよ」

十津川が、亀井にいった。

「その車のことを、警察が知っていれば、警察が、自分を、井崎昭から守ってくれると、考えたのでしょうか？」

「たぶん、そうだ」

京都府警の近藤警部も、同じ考えだと、十津川にいった。

ここで、問題が生れてしまった。木下保をすぐさま確保してしまうかどうかということについてである。

十津川たちは簡単に、木下保の乗ったレンタカーを、見つけることができた。彼自身、自分が乗っている車を全く隠そうとしていなかった。

そのあと木下保は、何年も留守にしていた、故郷の京都を、もう一度、見直そうと考えてでもいるかのように、京都市内の、名所旧跡を、レンタカーで、回り始めた。

したがって、木下保を確保することは、簡単だった。

十津川は、取りあえず、保護するという意味からも、木下保を、確保するべきだと考えたが、京都府警が反対した。

「もし、今ここで、木下保という標的を確保してしまうと、連続殺人事件の犯人である井崎昭を、見つけることが、難しくなってしまうんじゃありませんかね？　幸い、木下保がレンタカーで、走り回っているので、そのうち、井崎昭も、出てくるはずです。そうなれば、連続殺人事件の犯人を、逮捕することが可能になりますよ」

と、近藤が、いう。それに、十津川も賛成した。

十津川たちは、パトカーではなくて、普通の乗用車を借り、それに乗って、木下保の乗っているレンタカーを、尾行することにした。京都府警からも、二台の覆面パトカーが、協力することになった。

十津川の車には、十津川のほかに、亀井、西本、日下の三人の刑事が、乗った。

十津川たちと、京都府警の覆面パトカーは、少し離れたところから、木下保のレンタカーの尾行を、開始した。

しかし、井崎昭は、なかなか現れない。その日も、終わってしまった。

木下保は、ノンビリと、というか、わざとゆっくりと、京都市内の名所旧跡を訪ねて回って、一日を過ごしている。

次の日も同じように、木下保の借りたレンタカーを尾行したが、井崎昭は、姿を現さなかった。

次の日も、井崎昭は、現れない。

「おかしい」

十津川は、声に出して、いった。

「なぜ、井崎昭は、こんなに、我慢ができるんだ？」

「われわれが、尾行しているから、木下保を殺したくても、できないんじゃありませんか？」

京都府警の近藤警部が、いった。

「井崎昭という犯人は、五月の一ヶ月だけで四人の男女を、殺しているんです。三年間にわたって調べ上げて、自分の妻を殺したのが五人だと分かると、五月に入るや、次々に殺していったのです。五月十日、大河内敬一郎、五月十七日、矢次弥生、五月十九日、原田健介、そして、五月三十日、柴田康夫です。まるで、時間に追われているかのように、次々に、殺しています」

「たしかに、その、通りですね」

「井崎昭は、三年もの時間を、かけて、延々と調べたんです。その時間の長さを考えれば、彼が、まるで、慌てて急ぐように、復讐を次々に果していったその気持ちが分かるような気がするんです。ゆっくりした復讐は彼には、どうしても、我慢ができないんですよ。それなのに、この京都では、井崎昭は、獲物が目の前に、姿を現しているというのに、何もしていません。なぜでしょうか？　なぜ、今回に限って、我慢強く、待っているのでしょうか？」

近藤警部は、ひょっとして、犯人の井崎昭は、死んでしまったのではないかと、十津川に向かって、いった。だから姿を見せないのではないか。

それに対して、十津川は、

「井崎昭は、たぶん、少しずつ情勢が変わっていくのを、待っているんだと思います」

近藤は、眉《まゆ》を寄せて、

「情勢は、何も、変わってなどいないでしょう？　われわれは、木下保の尾行を、続けますし、逆に、井崎昭のほうが、追いつめられていくんじゃありませんか？」

と、いった。

「たしかに、近藤さんのおっしゃる通りですが、それは、こちら側から見てのことです。現在の状況を、井崎昭のほうから見れば、情勢は、自分にとって、有利に、働いていると考えているに、違いありません」

「と、いいますと？」

「木下保は、毎日レンタカーで、京都の名所旧跡を、回っています」

と、十津川が、いった。

「それは分かっています。おそらく木下保は、いつ殺されるか分からないので、その間に、京都の名所旧跡を、自分の目で、見て回りたいんでしょう」

「今までのところ、一日四ヶ所か五ヶ所、回っています」

「それも、分かっていますが」

「京都は、名所旧跡が、どこよりも、多いところですが、それでも、一日に、四ヶ所か五ヶ所回っていると、残りが、少しずつ減っていくわけです」

「それは当たり前ですよ」

「このまま行くと、そのうちに、数ヶ所しか、残らないことに、なってきます。おそらく、犯人の井崎昭は、遠くから見張って、それを、待っているのではないでしょうか？　名所旧跡が、後数ヶ所しか残っていなければ、井崎昭にも、木下保が、次にどこに行くのかが、想像がつくようになりますからね」

「なるほど。先回りですか」

と、近藤が、いった。

「その通りです。あと四ヶ所か、五ヶ所しか残っていなければ、木下保の行動を予測して、先回りして、罠をかけることができます。たぶん、それを、井崎昭は、待っているんだと思います」

と、十津川が、いった。

一つの街で、人々の、気持ちを惹《ひ》きつける名所旧跡が、いちばん多いのは、何といっても、京都だろう。

木下保は、毎日レンタカーを借りて、京都市内の、名所旧跡を回っている。そうすれば、いやでも、残りが少なくなってくるのだ。

毎日、四ヶ所か五ヶ所、木下保は、レンタカーで回っていく。すでに回った場所を、十津川たち刑事は、京都の地図から、消していった。

二週間も経つと、さすがに、京都市内でも印が、ついていないところは、わずかになってきた。

「あと残っているのは、嵐山《あらしやま》の周辺だけです」

十津川が、地図を見ながら、いった。

「そうです。渡月橋《とげつきょう》、保津峡《ほづきょう》、竹林、トロッコ列車、あと、残っているのは、これくらいです」

と、近藤が、いった。

「井崎昭が、木下保を、狙うとすれば、明日です」

と、十津川は、断定した。

「その可能性は高いですね」

「明日、木下保は、嵐山に、行きます。嵐山のどこに行くのかは、分かりません。渡月橋を渡るかもしれませんし、あるいは、保津峡下りを、楽しむかもしれません。ほかに、竹林があり、若者の好きな、野宮《ののみや》神社もあります。たぶん、そのどこかに、彼は、前もってワナを仕掛けるでしょう。それを、やるのは、おそらく今日の夜ですよ。だから、今夜、われわれも、密《ひそ》かに嵐山に行って、井崎昭と、対決しようじゃありませんか？」

と、十津川は、いった。

十津川たちと、京都府警の刑事たちが、顔に墨を塗り、まるで、忍者のような格好で、夜、嵐山周辺に、身を隠して、井崎を待った。

幸い、月も星も、出ていない。暗くなるまで、嵐山周辺は、多くの観光客で、賑《にぎ》やかである。ウィークデーでも、その賑やかさに、変わりがない。

それでも、日が落ちてくると、観光客の姿も、消えていく。

夜の暗さの中に、十津川たちを含めた、三十人の刑事が、体をひそめて、井崎昭が、現れるのを待った。

午前零時を過ぎた。人の姿は、完全に消えている。明かりがついているのは、周辺の旅館の窓だけである。

ふと、車のエンジンの音が聞こえた。車がやって来て、渡月橋のたもとの近くで、停まった。

フロントの明かりも、車内灯も、つけない車である。

車から人が下りてきた。リュックサックを、背負っている。辺りは暗いので、その人間は、シルエットにしか、見えない。顔も分からない。

だが、歩いている様子で、男であることは、想像がついた。

その男はまず、渡月橋の橋のたもとに行き、リュックサックを下ろして、何かを取り出していた。長さ三十センチくらいの円筒状のものである。

これを橋のたもとに取りつけると、今度は、野宮神社の方向に向かって、歩いて行く。

西本と日下の二人が、野宮神社にいる筈である。

男の姿が視界から消えるのを待って十津川たちは、渡月橋のたもとに走って、懐中電灯をつけた。

柱の陰に隠すようにして、円筒状のものが取りつけられていた。

「これ、爆弾ですよ」

近藤警部が押し殺したような声を出した。

確かに、プラスチック爆弾に見える。小さなアンテナがついているところを見ると、遠隔操作で爆発するのだろう。あとの始末を爆発物処理班にまかせて、十津川は、野宮神社にいる西本と日下の二人に、連絡した。

「井崎は、そっちに行ったか？」

十津川は、小声で、きいた。

「今、こちらに来ています」

と、西本も、小声で、応じる。

「何をしている？」

「こちらの神社は、縁結びのご利益《りやく》があるので、若い人たちが、絵馬に願い事を描いて、一ヶ所にぶら下げておくんですが、井崎と思われる男は、大きな絵馬をリュックサックから取り出して、取りつけています。特製の絵馬を用意してきたようです。やたらに目立ちますね。大きいので」

「それだけか？」

「そのあと、今度は、円筒状のものを、絵馬の傍に、取りつけています。何か、暗いのでわかりませんが」

「多分、プラスチック爆弾だ。いいか。井崎がそれを取りつけ終わったら、逮捕しろ」

と、十津川が、指示した。

五分後、今度は、西本の方から、携帯がかかった。

「ただ今、井崎昭を緊急逮捕しました」

「すぐ、そっちへ行く」

4

十津川と亀井、それに、京都府警の近藤警部たちが野宮神社に移動すると、そこには、井崎昭が、手錠をかけられて、懐中電灯の明りの中に、座り込んでいた。

西本がいったように、人々が願い事を描いた絵馬が、一ヶ所に取りつけられて、まるで、絵馬の林のように見える。そこに、井崎昭が描いた特製の、やたらに大きな絵馬も、ぶら下げてあった。

「その絵馬は、井崎昭が用意して持ってきて、そこにかけたものです」

〈木下保よ。君は、ここで死ぬ〉

と、これも大きな字で書き込んであった。

十津川には、その絵馬の意味がすぐわかった。

明るくなって、木下保が、ここへ来て、その絵馬を見たら、書かれている文字を、確認しようとして、顔を近づけるだろう。その時に、近くに仕掛けたプラスチック爆弾のスイッチを入れれば、木下保は、間違いなく死ぬ。

井崎がその絵馬に書いた文字の通りに、「木下保は、ここで死ぬ」のである。

特製の大きな絵馬の裏には、五本目の仙太郎こけしが、縛りつけられていた。

「少しばかり残念だったな」

十津川は、地面に座り込んでいる井崎昭に声をかけた。

多分、この周辺で、木下保が立ち寄りそうな場所には、全てプラスチック爆弾を仕掛けておくつもりだったのだろう。

「最後の最後にミスって残念だよ。あと一人で完全に、みゆきの仇を討てたんだ」

と井崎が、十津川に向かって、いう。

「連れて行け」

と、京都府警の近藤警部が、いった。

京都府警のパトカーに乗せられて、井崎が姿を消した。

十津川は、改めて、井崎が奉納した絵馬に眼をやった。

よく見ると、絵馬の隅に、文字があった。

「祈願。大願成就」

この作品はフィクションです。
実在の人物、場所とは一切、関係ありません。

本作品は二〇一四年二月中央公論新社から刊行され、
二〇一六年一一月中公文庫に収録された。

十《と》津《つ》川《がわ》警《けい》部《ぶ》 鳴《なる》子《こ》こけし殺《さつ》人《じん》事《じ》件《けん》

新潮文庫　に - 5 - 44

令和四年九月一日発行

著者　西《にし》村《むら》京《きょう》太《た》郎《ろう》

発行者　佐藤隆信

発行所　株式会社 新潮社

郵便番号　一六二―八七一一

東京都新宿区矢来町七一

電話 編集部(〇三)三二六六―五四四〇

読者係(〇三)三二六六―五一一一

https://www.shinchosha.co.jp

価格はカバーに表示してあります。

乱丁・落丁本は、ご面倒ですが小社読者係宛ご送付ください。送料小社負担にてお取替えいたします。

印刷・三晃印刷株式会社　製本・株式会社植木製本所

ISBN978-4-10-128544-3 C0193